新 潮 文 庫

ここから世界が始まる

トルーマン・カポーティ初期短篇集

トルーマン・カポーティ
小 川 高 義 訳

新 潮 社 版

11678

ここから世界が始まる　トルーマン・カポーティ初期短篇集　＊　目次

ここから世界が始まる

トルーマン・カポーティ初期短篇集

分かれる道

Parting of the Way

　日が暮れた。遠くの町にぽつぽつと灯がともりだしている。その町からの暑くて埃《ほこり》っぽい街道を、二つの人影がやって来た。一人は強そうな大男だ。もう一人は、まだ若くて線が細い。

　ジェイクは燃えるような赤毛が顔にすっぽり乗っかって、角が生えたような眉毛《まゆげ》をして、こわいほどに筋肉が張っていた。着ているオーバーオールは、色が褪《あ》せて、よれよれだ。破れ靴から足の爪先《つまさき》が突き出している。この男が、ならんで歩いている若者に言った。「このあたりで野宿とするか。おい、そこらへんに荷物を広げて、木の枝でも集めてこい。ぐずぐずするな。暗くならないうちに食い物の支度をしようぜ。人に見られたくはねえ。ほら、さっさとやれ」

　ティムは言われるままに、薪《たきぎ》になるものを集めだした。やせた肩に疲れがのしかかって、げっそりした顔に骨が浮いている。目つきは弱々しいが人なつっこい。バラのつぼみのような口をわずかにすぼめながら作業をした。

　集めた枝は、きっちり積み上げた。その間、ジェイクはベーコンを細長く切って、脂《あぶら》を引いたフライパンにならべた。そして、枝の用意ができたところで、オーバーオールをさぐってマッチをさがした。

「あ、くそ、どこ行きやがった。おまえ、持ってねえか。そんなわけねえよな。お、あった」彼はポケットから紙製のマッチを取り出し、一本に火をつけて、ちっぽけな炎の風よけに、ごつい手をかざした。

　すぐに火がついて、ティムはベーコンを焼くフライパンを小さな焚《た》き火にかざした。ベーコンは一分間ほどおとなしくしていた。それから、かすかに爆《は》ぜる音が出て、ベーコンは焼けていった。いやな匂《にお》いが立った。やつれた顔のティムが、煙のせいで、やつれきって見えた。

「うわ、こんなの食えるかどうかわかんないよ。やめといたほうがいいんじゃないかな。腐った匂いだ」

「いやならよせ。元はと言えば、おまえの出し惜しみじゃねえか。もうちょっと出しゃあ、まともなもんが買えたかもしれねえ。おまえ、十ドルは持ってやがんだろ。そんなになくたって家に帰れるだろうが」

「だめだ。ちゃんと計算したんだよ。まず汽車賃に五ドル。服を新調したいから三ドルくらい。お袋に何かしら洒落《しゃれ》たもんを買ってってやりたいから一ドルかそこら。おれが食うものにも一ドル。いい格好して帰りたいんだ。ここんとこ二年も流れ歩いてたなんて、あっちじゃ知らないんだからさ。セールスマンだから歩いてるって、そういうことになってる。手紙にはそう書いた。しばらく帰郷して、また仕事に出るんだって思われてる」

「おまえに金を持たせておきたくねえな。おれの腹が減ってたまらねえ。その金、預かってやろうか」

ティムは逆らうように立ち上がった。ひょろひょろした体つきは、筋肉の盛り上がったジェイクの敵ではない。それを見てジェイクは笑った。立ち木を背もたれにして、大笑いだった。

「こりゃいいや、おもしれえ。やわな骨組みをひねり潰《つぶ》してやろうか。ばらばらにしてやってもいいんだが、いままで役に立ってくれたからな――こそ泥みたいな真似《まね》もさせたことだし――まあ、その金を巻き上げようとまでは言わねえよ」そう言って、また彼は笑った。ティムは疑わしそうな目をして、そこいらの石の上に坐《すわ》った。

　ジェイクは袋に入れていたブリキの皿を二枚取り出して、腐れベーコンを自分の皿に三枚、ティムの皿には一枚載せた。ティムは彼の顔に目を上げた。

「おれの一枚、どうなってるんだ？　四枚あるんだから、二枚ずつがあたりまえだろ。あと一枚どうすんだよ」

　ジェイクが目を合わせた。「たしか、おまえ、こんなの食えない、とか何とか言ったよな」彼は腰に手を当て、女みたいな高調子の声で、ティムの言い方をからかった。

　ティムにも言った覚えはあるが、とにかく腹は減っていた。腹が減って寒かった。

「食うよ。もう一枚くれってば。腹減った。何でもいいから食いたい。なあ、ジェイク、もう一枚くれよ」

　ジェイクは笑って、三枚とも口に押し込んだ。

　もう一言もかわされなかった。ティムはむっつり黙って離れていくと、居場所にしたあたりで松の小枝を集め、きっちり敷きならべたが、その仕事が終われば、もう張りつめた沈黙に耐えられなくなった。

「だから、ジェイク、わかるだろ。おれ、ひさしぶりに帰ると思うと、どきどきしてさ。そりゃ、おれだって腹は減ってるけど、でもやっぱり節約するしかないんだよな」

「なに言ってやがる。いま持ってる金をちょっと使えば、まともなものを食えるじゃねえか。いや、おまえが考えることくらいわかる。食い物なら盗めばいいと思ってんだろ。ところが、いま盗みをやらかすわけにはいかねえ。知ってるやつから聞いてるんだ。あそこは――」と、遠くに見える町の灯を指さした。「およそ人の住んでる土地でも、やってらんねえ町らしい。流れ者には、鷲《わし》みてえな目を光らせてる」

「それはそうなんだろうけど、おれだって、いまある金をなくすような真似はできないってことだよ。これっきりねえんだし、また稼げる当てなんか、この先いつになったらあることか。何たって、お袋をがっかりさせることだけはしたくねえ」

　朝が来た。輝かしい夜明けだ。太陽というオレンジ色の大輪が、天の意向を伝えるように、はるかなる地平線から上がった。ティムはちょうど日の出を見る時刻に目を覚ましていた。

　彼がジェイクを揺すると、ジェイクは跳ね起きて詰問《きつもん》した。「何しやがる？　あ、そうか、起きる時間だ。まったく、起きたくなんかねえな」そう言うと、ものすごい大あくびをして、強力な腕を伸ばせるだけ伸ばした。

「きょうは、ひどく暑い日になりそうだよな、ジェイク。おれは歩かなくていいんだからありがたい。町には戻るとして、駅まで行けば、あとは鉄道だ」

「おまえはいいが、おれの身にもなってみろ。どうという行き先もねえのに、ともかく暑い昼日中に歩いてくんだ。いつも春先みたいだったらいいよな。たいして暑くもなく寒くもねえ。夏は汗かいて死にそうだし、冬は凍えて死にそうだ。たまんねえ天気だぜ。冬になったらフロリダへ行こうかとも思うが、行ったからって、もう実入りのいいことなんてありゃしねえ」彼は立っていって、またフライパンを出した。荷袋の底からバケツも取り出す。

「ほら、四分の一マイルばかり先に農家があるだろ。これ持って、水をもらってこい」

ティムは、バケツを手に、道を歩きだした。

「おい、おまえ、上着を置いてっていいのか？　おれが金を盗むとは思わねえのか？」

「思わねえよ。信用できそうな気がする」しかし、心の底では、あやしいものだと思っていた。それでも歩いていったのは、疑っていると思われたくなかっただけのことだ。もちろん、どっちみち、そう思われていたかもしれない。

足取りは重かった。未舗装の道だが、朝になっても、まだ土埃は立っていない。白い家は、たいして遠くなかった。入口の門まで行くと、農家の主《あるじ》がバケツを手に持って牛小屋から出てきた。

「あのう、すいませんが、これに水を一杯もらえないですか？」

「いいよ。井戸がある」男は、きたならしい指を井戸に向けた。ティムは門を入った。井戸の取っ手をつかんで上下に動かしたら、いきなり冷たい水が飛び出した。かがみ込んで、水の出口に顔をくっつけ、冷水を口に浴びせるように飲んだ。バケツを満杯にしてから、いま来た道を帰った。

茂みをかき分け、あの開けた地面に戻ると、ジェイクが袋をのぞき込んでいた。

「まったく、食い物が何にも残ってねえぜ。ベーコンの切れっ端くれえあるんじゃねえかと思ったんだが」

「まあ、そんなことはいいよ。おれ、町へ行ったら、ちゃんとした食事をする。コーヒーくらい奢《おご》ってやろうか。あとはパンでも」

「けっ、ご親切なこった」ジェイクは腹立たしげに彼を見た。

ティムは上着を持ち上げ、ポケットの中をさぐった。すり切れた革財布を出して、留め金をはずす。

「ここにあるんだ。この金で家に帰れる」これだけのことを、その言葉を撫《な》でさするように、彼は何度も口にした。

彼は財布に手を入れ、その手が出て――何もつかんでいなかった。彼は愕然《がくぜん》とした顔でうろたえた。がむしゃらに財布を引き破ってしまい、そのあたりの松葉を蹴散《けち》らしてさがした。猛烈に、罠《わな》にかかった動物のように、じたばた暴れていたのだが、それからジェイクを見た。小柄な痩《や》せた身体《からだ》が怒りに震えていた。がむしゃらに立ち向かった。

「泥棒、嘘《うそ》つき、おれの金を返せ。おまえが盗んだんだろう。返さねえとぶっ殺すぞ。返せ。殺すぞ。取らねえって言ったくせに、この泥棒、嘘つきやがって。返さなきゃ殺してやる」

ジェイクは啞然《あぜん》として彼を見た。「おい、ティム、おれは取ってねえよ。自分でなくしたんじゃねえのか。そのへんの松葉にでも落ちてるんだろ。いいから、さがしてみようぜ」

「そんなとこにねえよ。もう見た。おまえが盗んだんだ。ほかに盗めたやつなんかいやしねえ。おまえだろ。どこに隠した？　返せよ。取ったんだろ……返せ」

「いいや、誓って取ってやしねえ。おれだって絶対に守ると決めたことはあるんだ」

「そんなもの、ありゃしねえだろ。もし取ってねえなら、おれの目を見て、死んでもいいって言え」

ジェイクが向き直った。赤毛の髪が、明るい朝日に映えて、なおさら赤くなった。眉毛はますます棘《とげ》が立ったように見えた。ひげもじゃの顎《あご》を突き出し、ねじ曲げた口の端から黄ばんだ歯をのぞかせている。

「おまえの十ドルなんて取ってねえと誓うよ。もし嘘ついてたら、列車に飛び乗りそこなって死んでもいい」

「ようし、ジェイク。信用するよ。だったら、おれの金はどこなんだ。おれは持ってねえ。おまえも持ってねえ。じゃあ、どこだよ」

「見逃したところがあるんだろう。ようく見てみろ。このあたりにあるはずじゃねえか。ほら、一緒にさがしてやる。金が歩いていなくなったわけじゃねえ」

ティムはあたふた動きまわって、「見つからなかったらどうしよう」と何度も言っていた。

「金がないと帰れねえ。こんな形《なり》して帰るわけにいかねえ」

ジェイクも捜索に付き合ったが、たいして本気ではない。大きな図体をかがめて、松葉の間や、袋の中を見る格好をつけていた。ティムは着ているものを脱いで、野宿した場所に裸で立った。金をさがすのに必死で、オーバーオールの縫い目が破れてしまった。

ほとんど泣き顔になって、ティムは倒木に坐った。「もう仕方ねえのかな。ここにはない。どこにもない。これじゃ帰れねえ。帰りたいよ。お袋が何て言うか。なあ、ジェイク、ほんとに持ってねえのか？」

「ばか、いいかげんにしろ。もういっぺん言いやがったら、張り倒すぞ」

「わかったよ。しばらくはこのまんま、二人で流れ歩くしかないんだな。帰るのは、また金ができてからだ。お袋には葉書でも出しとこう。さっそく次の出張に行かされることになって、帰るのは先延ばしだって言うよ」

「あのな、おれはもう、おまえと歩きまわる気はねえ。ガキみてえなやつは、もうたくさんだ。どこへでも行って、一人で稼ぎな」

ジェイクは、心の中では、こう思った。「連れて行きたいところだが、そうはいかない。こいつだって、一人で放っとけば、それなりに知恵がつくだろう。それから故郷へ帰って、まあまあの人間になる。そのほうがいい。帰って、ほんとのことを言うのがいい」

二人で倒木に坐った。ようやくジェイクが口をきいて、「おい」と言った。「行くんなら、そろそろ行け。ほら、立ちな。もう七時だぜ。出発しろよ」

ティムはナップサックを手にした。街道へ出るまでは二人で歩いた。ジェイクは大柄で、強そうで、ならんでいると父親のようにも見えた。小さい子を守っているようでさえある。道へ出て、別れの挨拶《あいさつ》に向かい合った。

ジェイクは、ティムの澄んだ水のような青い目を見た。「じゃあな、ここで握手して別れよう」

ティムが子供のような手を出した。ジェイクはごつい手をかぶせて、しっかり握りしめてやった。若者はだらんと力の抜けた手を揺すられるにまかせていた。ジェイクは手を離した。若者の手の中に何やらの感触が残った。手を開くと、十ドル札があった。もうジェイクはすたすたと先を歩いている。ティムはあとを追った。その日に日《ひ》射《ざ》しがきらめいただけだったかもしれない。でもやはり、本物の涙だったかもしれない。

水車場の店

Mill Store

その女は水車場の売店にいて、裏窓から外を見ていた。明るい川水に分け入って楽しげに遊ぶ子供らに、じっと目を凝らしている。空に雲一つなく、地上には南部の太陽が照りつけていた。女は赤いハンカチで額の汗をぬぐった。水は明るい小石の川底を走り抜けて、気持ちよく冷たそうだ。ああいうピクニックの連中がいなかったら、と女は思った。あっちへ出ていって、自分が川水にしゃがみ込み、一人で涼んでいられるのに――。ふう！

たいていは土曜日になると町の人がピクニックに出てきて、白い小石の川岸で午後のパーティをしている。その間、子供たちが浅瀬で水遊びをするのだった。きょうは八月下旬の土曜日の午後――。ある日曜学校のピクニックが行なわれていた。先生として年配の女が三人いて、日陰になった場所であたふたと生徒たちの面倒を見ていた。

女は、外を見ていた目を、店の中に戻した。だいぶ暗く見える。タバコの箱を目でさがした。大きな女だ。濃い日焼けの肌をしていた。黒髪も濃いが、これを短く切り詰めていた。着ている服は安手のキャラコである。タバコに火をつけながら、その煙に顔をしかめた。口をゆがめて渋い顔になる。これだけはタバコも困ったものだ。口内炎が痛くなる。ひゅっと息を吸った。そうすれば、一時しのぎに、ひりひりする痛みをごまかせる。

飲み水がいけないんだ、と彼女は思った。ここの井戸水が合わない。仕事をさがして町に来たのは、つい三週間前のことだった。それでベンソンさんに斡旋《あっせん》されたのが、ここの店番である。おもしろくはない。町まで五マイルほどの距離だ。そんなに歩きたくもない。やたらに静かな場所で、夜になってコオロギの啼《な》き声やウシガエルのさびしげな喉声《のどごえ》が聞こえると、わけもなく不安に駆られる。

安物の目覚まし時計に目をやった。三時半。まるっきり誰も来なくて、いかにも長ったらしい時間帯だ。この狭苦しい店に、新しいコーンミールと古いキャンディーの匂《にお》いが籠《こ》もっている。彼女はまた窓の外に顔を出した。八月の午後の太陽が、空の半ばに熱く掛かっていた。

この店は土手の上にあった。川からは赤い粘土質の斜面が立ち上がっている。店の横手に大きな水車があるが、もう六、七年前から使われずに壊れかかっていた。川はオリーブ色のリボンがオパールの輝きを得たようになって森を流れてくる。その川を、あぶなっかしい木製の堰《せき》がダムの役割をして押しとどめ、たまった水で池ができていた。ピクニックに来る人は、店で一ドルを払って、川原で遊んだり、堰の上の池で釣りをしたりする。

ある日、彼女も釣りをしてみたが、釣れたのは骨と皮ばかりのように貧弱なナマズが少々と、二匹の蛇だった。蛇が掛かったときには、思わず悲鳴を上げた。ぬらぬらした長いものが陽光にきらめいて、毒のある口が釣り針に噛《か》みついていた。そんなことが二度あったのだから、もう竿《さお》も糸も放り出して、さっさと店へ逃げ帰り、暑苦しい日に閉じこもったきりで、映画雑誌とバーボンに癒《い》やしを求めていた。

川水を散らして遊ぶ子らを見ながら、そんなことを思い出した。ふっ、と笑ってしまったが、やはり、ぬらぬらしたものは嫌いだ。

突然、背後に、おずおずと幼い声がした。「あのう――」

びくっとした。きつい目つきになって、飛び上がるように振り向いた。「やだもう、こっそり入ってくるんだから――ああ、何か用だったの？」

小さい女の子が、古風なガラスのショーケースを指さした。駄菓子の類《たぐい》だ。ジェリービーンズ、ガムドロップ、ペパーミントスティック、硬い玉のキャンディーを、ばらで売っているケースである。この子が欲しいものを一つずつ指さすので、その通りに茶色い紙の小袋に放り込んでやった。買うべきものを選ぶ子供を、女はじっくりと見ていた。ある男を思い出すのだ。この子の目のせいだろう。青いガラスを吹いて玉にしたような、明るい目をしている。薄い空色。髪の毛はウエーブしながら肩まで届きそうだ。はちみつ色の、いい髪だった。肌の色は、脚も、顔も、腕も、濃い茶系である。濃すぎるかもしれない。さんざん日なたに出ていたのだ、と女は思った。この子をつくづく眺めてしまった。

　女の子は買い物から目を上げて、おずおずと言った。「わたし、なんか、へんなの？」着ている服に破れ目でもあるのかと見ている。

　女はどぎまぎした。あわてて下を向き、紙袋の口を巻いて閉じようとした。「あら、いいのよ、何でもない」

「じろじろ見てるから、へんなのかと思っちゃった」子供は安心したようだ。

　女はカウンターから乗り出すようにして、小さい子に紙袋を持たせ、その髪に手をあてた。ついそんなことをしたくなった。上質なバターのように、いい色をしていた。

「お名前、何ていうの？」

子供はびっくりしたような顔になった。「エレイン」と言うなり、紙袋をつかんで、ぬくもった小銭をカウンターに置いて、駆け出していった。

「じゃあね、エレイン」女は声を掛けてやったが、もう子供は店の外で、とっとと橋を渡り、遊び仲間がいるほうへ走っていた。

ああ、たまげた、と彼女は思った。あの子の目は、彼の目にそっくりだ。あんな目を見せられてしまった。彼女は隅っこの椅子《いす》にへたり込み、タバコを最後に一回ふうっと吸ってから、床に落として踏み消した。それから膝《ひざ》に顔を突っ伏して、火照《ほて》ったような半睡状態に落ちている。何なのよ、と夢うつつに思う。あの目――。うめき声も出た。この口の中の腫《は》れもの――。

目が覚めた。男の子が四人いて、彼女の肩を揺すっては、やけに大騒ぎして店の中を飛び跳ねている。「起きて」と、やかましく言う。「起きて」

彼女は、ぼんやりした目で、子供らを見ようとした。頬が熱い。口の中で炎症がひどい。痛むところを舌で突つきまわした。

「どうした？」彼女は言った。「どうしたっての？」

「電話か、車、ありませんか？　お願いします」大騒ぎの一人が言う。

「え、ないけど」もう目がはっきり見えていた。「どうしたっていうの？　何があった?　ダムが決壊したんじゃないでしょうね」

四人はばたばた跳ねていた。じっとしていられないらしい。飛び跳ねながら、うめくような声を絞り出した。「もう、どうしたらいい！　死んじゃう、あの子が死んじゃう！」

女は腹が立ってきた。「だから、何がなんだっての?　さっさと言いなさい」

「蛇に咬《か》まれた子がいる」ぽっちゃりした小柄な子が言った。

「そんな、咬まれたって、どこで?」

「あっち。川で」子供は窓の方角を指さした。

女は店を飛び出した。橋を突っ走って、小石の川原を駆け下りた。小石がなくなるあたりに、人が集まっていた。日曜学校の先生が一人、その人だかりの周辺を駆けまわって、わめき散らしていた。やや離れて呆然《ぼうぜん》と立つ子供たちもいて、パーティをぶち壊した大事件に、恐怖と驚愕《きょうがく》の目をしていた。

女が人の群れをかき分けて出ると、砂地に倒れている子がいた。明るい青ガラスを玉にしたような目の女の子だった。「エレイン」女は声を上げた。誰もが新着の人に注目した。女は膝をついて、子供の傷口を見た。すでに腫れて変色が始まっている。子供はぶるぶる震えて、泣いて、手で頭をたたいた。

「車は、ないんですね？」女は先生の一人に言った。「どうやって来たんです？」

「歩いて遠足だったんで」どうしてよいかわからない不安な目になって、先生が言った。

女は憤《いきどお》って手を打ち鳴らした。「だって、この子、大変だわ。このままじゃ死ぬかも」

みんな目を丸くするだけになった。どうすればよいというのだ。どうしようもない。三人の無能な女が、大勢の子供を連れている。

「わかった、わかった」女は叫んだ。「じゃ、あんたたち、急いで店へ行って、鶏を二、三羽持っといで。あんたら先生は、誰かを町に走らせて、医者を呼ぶ。ほら、早く。ぐずぐずしてる暇ないよ」

「それで、この子をどうすれば？」女の一人が言った。

「いいから、見てな」女は言った。

女は膝をついて、少女の傷口を見た。大きく腫れ上がっていた。もう一瞬の迷いもなく、女はかがみ込んで、自分の口を押し当てた。傷口を吸って、吸って、何秒かに一度は口を離し、吸ったものを吐き出す。いまは数人の子供と、一人の先生しか、この場にいなくなっていた。こわいもの見たさに、また感心もして、目を見開いている。

子供はチョークのような顔色になって気絶した。女は毒のまじった唾《つば》を何度も吐き出した。ようやく立ち上がると、川へ走った。水で口をすすいで、猛烈にうがいをした。

鶏をつかまえた子供らが戻った。丸々とした三羽だ。女は一羽の足をひっつかみ、この鳥をジャックナイフで裂いた。熱い血がほとばしった。「残った毒を、血が吸い出してくれる」

この鳥がすっかり色を失うと、女は次の鳥を裂いて子供の傷口にあてがった。

「じゃあ、ほら。この子を運んで。店へ連れていくよ。あとは医者が来るのを待つ」

子供らは夢中で駆け寄り、力を合わせて、無理なく女の子を運んでいった。みなが橋を渡っていくところで、先生が言った。「ほんとに、何と言ったらいいのか、お礼のしようもありません。あれは、まったく――」

女は、この先生を押しのけるように、ずんずん橋を渡った。毒のせいで口内炎が燃えるようだった。自分がしたことを考えると、全身が気色悪かった。

ヒルダ

Hilda

「ヒルダ――。ヒルダ・ウェバー、ちょっといらっしゃい」

そう言われて、急いで教卓に近づいて、アームストロング先生の前に立った。

「ヒルダ」先生が穏やかに言った。「放課後に、校長先生が面談されるそうです」

一瞬、ヒルダは何のことかと目を丸くした。それから首を振ったので、長い黒髪が左右に揺れて、愛敬のある顔に髪がかかりそうになった。

「あの、先生、ほんとに私なんですか？　何にも悪いことしてませんけど」と言った声は、不安に駆られていたものの、十六歳という少女にしては、ずいぶん大人びたものだった。

アームストロング先生は困ったような顔をした。「この通知に書いてあることしかわからないのよ」先生は背の高い少女に白い紙切れを持たせた。

ヒルダ・ウェバー――校長室――三時三〇分
ヨーク校長

ヒルダはのそのそと自分の机に戻った。窓から射《さ》す太陽がまぶしくて、つい瞬《まばた》きをしていた。どうして呼び出しがあったのだろう。校長室に呼ばれるなんて初めてのことだ。マウント・ホープ高校に二年近く通っていて、こんなことはなかった。

Ⅱ

心の奥に、ぼんやりと不安があった。呼ばれる心当たりがないこともないが――いや、でも違うだろう――誰も知らない、疑われてもいない――。このヒルダ・ウェバー、まじめな勉強家で、おとなしくて、目立たない――。誰も知らないのだ。知っているはずがない。

いくぶんか気が楽になった。何かしら話をされるだけだろう。たとえば、学年末のダンスパーティで実行委員を務めなさい、とか……。彼女は弱々しい笑みを浮かべて、大判で緑色のラテン語の本を手に取った。

終業のベルが鳴って、ヒルダは校長室へ直行した。まず手前の事務室で、すました顔の秘書に通知を見せた。では奥へどうぞ、と言われたら、足の力が抜けそうになった。緊張して、ぶるっと震えた。

校長のヨーク先生は、廊下で見かけたことはあるし、集会での講話も聞いているのだが、じかに言葉をかわした覚えはなかった。長身で、細面の顔の頂上に、たっぷりと赤毛の髪が生えている。淡い海のような色をした目は、きわめて優しそうに見えていた。

たいして広くもない簡素な校長室に、困ったような目になって、顔色の冴《さ》えないヒルダが入った。

Ⅲ

「ヒルダ・ウェバーだね」そう聞かれたというより、言われたような気がした。ヨーク校長の声は重々しかった。いやな感じではない。

「はい、そうです」ヒルダは意外に落ち着いた声を出していた。でも内心では、ひやひや、どきどき、というところで、本をつかんでいる手に力が入りすぎて、じっとり汗ばむのがわかった。校長に会うというのは、それだけでおっかないものだが、こうして見ると、親しめそうな目なので、彼女はやや警戒を緩めた。

「この資料によると――」校長は大きな黄色い用紙を手にした。「きみは優等生で、オハイオの寄宿学校から転校して、現在は本校の三年生。それに間違いないね？」

彼女はうなずいて、じっと相手を見ていた。

「さて、ヒルダ、いま一番興味のあるものは何かな？」

「あの、どんな興味のことでしょうか」ここは用心するに越したことはない。

「いや、なに、どんな職業につきたいか、というような」校長は机の上にあった金のキーチェーンを手にして、くるくる回していた。

「はあ、まだはっきりしてないんですが、女優になりたいと思ったことはあります。演劇にはずっと興味を持ってまして」彼女は笑顔を見せて、その視線を、校長の細長い顔から、ぼやけた回転体になっているチェーンに落とした。

「ほう。ま、どんな生徒なのかと思って聞いてるだけなんだがね。それを知ることは大事なんで」校長は椅子《いす》を回転させて、机の正面でしっかり坐《すわ》り直した。「そう、大事なことだ」もう気さくな態度ではなくなった、と彼女は思った。

Ⅳ

本を持つ手が落ち着かなかった。まだ校長に叱《しか》られたわけではないが、自分の顔が火《ほ》照《て》っているのはわかった。全身が熱かった。この部屋の閉じた空間が、いきなり耐えがたくなった。

校長はチェーンを置いた。これから話をしようとしている、と彼女にはわかった。ひゅっと息を吸う音が聞こえたのだ。でも、何を言われるのかわかっているような気もして、彼女は目を上げられなかった。

「ヒルダ、もう知っているのではないかと思うが、このところ女子のロッカーで盗難事件が相次いでいる」ここで校長はわずかに間を置いた。「しばらく続いているというのに、級友のものを盗もうという生徒がまだつかまっていない」わざと厳しい言葉で聞かせるようだ。「本校に泥棒などいてはならん！」と校長は熱を込めた。

ヒルダは本に目を落とした。下顎《したあご》が震えるのがわかって、唇を嚙《か》んだ。ヨーク校長がいくらか腰を浮かして、また坐り直した。張りつめた沈黙のうちに両者が坐っていた。そのうちに校長は机の引き出しに手を入れ、青い小箱を出して、その中身を机の上にあけた。金の指輪が二つ、飾り付きブレスレット、またコインが数個。

「見覚えはあるかな？」

これを彼女はだいぶ長いこと見つめていた。たっぷり四十五秒。目の前にある品物が、にじんで見えた。

「私は盗んだりしてません。そういうお話でしたら、違います！」

V

校長は溜息《ためいき》をついた。「きみのロッカーにあったものだ。それに——しばらく、きみには目を付けていた」

「でも、先生、私は——」彼女は言いさした。もう無駄なようだ。

ついに校長が言った。「それにしてもわからない。きみみたいな子が、どうしてこんなことをしたいのかな。出来はいいし、どうやら立派な家庭の出だろうとも思われる。いやはや、正直なところ、さっぱりわからない」

彼女は黙って坐ったきり、本をいじっていた。まわりの壁に迫られる気がする。なんだか締めつけられているようだ。

「そうだねえ」校長は話を続けた。「もし何の説明もしてくれないなら、こちらも致し方ない。どれだけ深刻なことをしでかしたか、わかっているだろうね？」

「そんなんじゃありません」彼女の声がざらついた。「どうして盗んだか言いたくない、っていうんじゃないんです。つまり、あの、どう言ったらいいのかってことで――自分でもわからなくなってるんで」ほっそりした肩が揺れた。がくがく震えていた。

　校長は彼女の顔を見た。子供が人間の弱さを見せている。これをどう罰したらよいのか、厄介なことだ――。つい感情が顔に出ていると彼は思った。窓辺に行って、シェードを調節した。

　少女は立ち上がった。校長室がむかついてたまらなかった。机の上のきらきらした小物もいやだ。ヨーク校長の声は聞こえたが、はるかに遠いような気がした。

Ⅵ

「じつに深刻な問題だ。ご両親に面会することになるかな」

彼女の目が恐怖にぴくんと跳ねた。「どうしても、ってことではないですよね――」

「そりゃ、まあ」と校長は言った。

突然、どうでもよくなった。ここを出られるならどうでもいい。この白っぽい部屋。何もかも気に食わない部屋に、赤毛の校長がいて、指輪とブレスレットと小銭がある。そういうものがいやだ！

「では、行ってよろしい」

「はい、先生」

彼女が出ようとすると、校長は小物を青い箱に戻していた。彼女はゆっくりと足を運んで、秘書がいる部屋を抜け、がらんとした長い廊下を行って、四月の午後の明るい陽光に踏み込んだ。

それから、だっと駆け出した。どんどん速く走った。学校の前の道を行って、町に入って、長いメインストリートを駆け抜けた。人目を引いていても、どうでもよかった。なるべく遠くまで行きたいとしか思わなかった。とうとう町を走りきって公園に入った。ベビーカーを押す女がわずかにいるだけだった。彼女は空いているベンチにへたり込んで、痛くなった脇腹《わきばら》を抱えた。しばらくすると落ち着いた。大判で緑色のラテン語の本を開くと、その表紙で顔が隠れるようにして、そっと静かに泣きだした。膝《ひざ》の上で、無意識のうちに、金のキーチェーンをいじっていた。

ミス・ベル・ランキン

Miss Belle Rankin

ミス・ベル・ランキンという人を初めて見たのは、僕が八歳の年である。八月の暑い日だった。太陽は緋色《ひいろ》の縞《しま》模様がついた空を下降して、乾いた熱気が地面からゆらゆら立ちのぼっていた。

僕は家の前にいて、ベランダの階段に腰かけ、道をやって来る黒人の女を見ながら、あんなに大量の洗濯物を頭に乗せて運べるのかと思っていた。この女が足を止めて、僕の挨拶《あいさつ》に答える形で、暗い響きを長く引いた黒人らしい笑い声を発した。すると、このとき道の反対側を悠然と歩いてきたのが、ミス・ベル・ランキンなのだった。これを見た洗濯女は、びくっと怯《おび》えたようになり、何かしら言いかけた口をつぐんで、そそくさと道を急いだ。

おかしな動きをするものだ。通りかかっただけで、その原因となってしまう人を、僕はじっと見つめた。小柄で、黒ずくめの服装だが、黒地が埃《ほこり》にまみれて縞になっていた。嘘《うそ》みたいに年をとった、しわくちゃの老婆《ろうば》である。薄い白髪が頭の上にちょろちょろ載って、汗に濡《ぬ》れていた。その顔が下を向いて、落とし物をさがすみたいに、未舗装の歩道だけを見て歩いている。そのあとに黒と黄褐色の混ざった老犬がいて、ぼんやりした足取りで飼い主を追っていた。

その後、この人を何度も見かけるようになった。だが、あの最初に見た姿が、ほとんど夢で見た映像のように、くっきりと記憶に残ることになりそうだ。ミス・ベルが音もなく道を歩いて、赤っぽい砂埃を足元に舞わせつつ、黄昏《たそがれ》の中に消えていった。

さて、何年かたって、僕が町角のドラッグストア、つまりミスター・ジョーアブの店で、特製ミルクセーキを飲んでいたときのこと。僕はカウンターの端っこの席に坐《すわ》って、その反対の端っこには、いつも町をぶらついて顔の知られている二人のほかに、見たことのない男がいた。

この男は、身なりからすると、店の常連客よりずっと上等だった。しかし、僕が気にしたのは、ゆっくりした渋い声で伝えていた話のほうだ。

「あんたら、このあたりでツバキの木を売ってる人なんて知らないかな?　さる東部の女の人が、ナチェズで家を建てるんで、庭木をそろえたくてね」

二人の若者が顔を見合わせ、その一人が答えた。大きな目玉をして、太っていて、いつも僕をからかって喜んでいるやつだ。「そうすね、ここいらで知ってるっていうと、ちゃんとした木を持ってるのは、おかしな婆《ばあ》さんが一人いるくらいかな。ミス・ベル・ランキンていって――こっからだと半マイルくらい先へ行った、とんでもねえ家に住んでる。南北戦争より前に建ったんだから、ひどく古い襤褸家《ぼろや》なんだけど、ひどいと言えば、その婆さんがまたひどく変わってる。でも、ツバキが欲しいってことになると、ちょっとお目に掛かれないような木を持ってるね」

「そう、そう」もう一人も口を出した。こいつは髪がブロンドで、にきび面《づら》で、二人組の中ではボケ役みたいになっている。「たぶん売ってくれると思いますよ。聞くところじゃ、食うや食わずで死にそうだってから――。ほかには年寄りの黒人がいるだけで、そいつが菜園てことになってる草だらけの地面を、鍬《くわ》で引っ掻《か》いてる。あ、そう、こないだ聞いた話だと、あの婆さん、〈ジトニー・ジャングル〉のマーケットで、傷《いた》んだ屑《くず》みたいな野菜ばかり拾ってから、ただで譲れってオリー・ピーターソンに掛け合ったらしい。ああまで変わった婆《ばば》あは、ほかにいないぜ。化け物だよ。百は超えてんじゃねえの。ここいらの黒人なんか、恐れおののいてやがって――」

だが、見知らぬ男は、若者がどどっと流し出した情報を遮断して、「じゃあ、売ってくれるかもしれないんだね？」と言った。

「もちろん」太った若者の顔には、何かしら知っているような薄笑いが浮いていた。

男は礼を言って、出て行きかけたが、くるっと振り向いた。「どうだろう、一緒に乗ってってくれないか。案内してもらえるとありがたい。あとでまた送り届けるよ」

のらくらした二人が、すぐに引き受けた。こういう手合いは、自動車に乗っているところを人に見られたがる。よそ者の車ならなおさらで、まるで顔が広くなったみたいなのだ。また何にせよ、シガレットにありつけることは間違いない。

一週間くらいたって、またミスター・ジョーアブの店に行ったら、それからどうなったのか知ることになった。

太った若者が聴衆に熱弁を振るっていた。聴衆というのは、ミスター・ジョーアブと僕のことだ。しゃべっているうちに、どんどん声が大きくなって、話も大げさになった。

「まったく、あんな婆あ、町から追い出してもらいたいよ。いかれきってるぜ。おれたちが行ったら、来るな、出てけ、としか言わねえ。よぼよぼの犬をけしかけてきやがった。婆あより犬のほうが老いぼれだな。そのくせ嚙《か》みつこうとしやがるんで、その口にがつんと蹴《け》りを入れてやったら、やかましく吠《ほ》えたのは婆あだよ。あの家にいる黒人が、ようやく婆あをなだめすかして、なんとか話ができるようになった。でもってファーガソンさんが——そういう名前の人なんだが、花の木を買いたいから来たんだって言った。な、ツバキのことだぜ。そしたら、そんな商売みたいな話は知らねえ、かわいくてたまらねえ大事な木だ、一本たりとも売りゃしねえ、ってんだよ。——いや、いいから、まず聞けって。ファーガソンさんは、一本に二百ドル出すって、そう言ったんだ。二百だぞ、ほかにあるかよ！　ところが、あの偏屈婆あ、とっとと失《う》せろ、なんて言いやがるんで、これじゃどうしようもねえってことで、おれたち引き上げたんだ。ファーガソンさんも、さすがに気を落としてたぜ。本気で買いたいと思ってたんだからな。あれだけの木はめったにねえって言ってた」

　ここまでの独演会でくたびれたように、若者は椅子《いす》に寄りかかって、ふうっと一息ついた。

「しかし、あんな古びた木を、一本に二百で欲しがるっていうのも、どうなってるんだろうな。ありゃ、よっぽどのことだぜ」

　僕はミスター・ジョーアブの店を出て、家に帰るまでずっとミス・ベルのことを考えていた。それまでにも考えることはあった。よく生きていると思うほどの年寄りだ。

あれだけ老いているのは、つらいことだろう。なぜツバキの木を後生大事に守りたがるのか、僕にはわからなかった。きれいなのは確かだが、もし金に困っているのなら——。いや、僕はまだ若かった。彼女は人生に残されたものがあるかなきかに老いていた。僕は、自分が老いる、死ぬ、ということを全然考えないくらいの子供だった。

二月一日。夜が明けて、どんよりした空にパールホワイトの縞模様が走っていた。冷たくひっそりした外気に、断続して風が吹く。大きな木に吹きつける風は、葉を失って冴《さ》えない色をした枝に、飢えたように噛みついた。そんな木々に取り巻かれ、かつては「ローズ・ローン」と呼ばれて壮麗だった家屋敷は、もはや見る影もない。ここにミス・ランキンが住んでいた。

彼女が目を覚ますと、すっかり部屋は冷えていて、長い涙のような氷柱《つらら》が軒先に下がっていた。うら悲しい情景を見まわして、ぶるっと震えたが、さあ起きようと心を決めて、派手な色をしたスクラップキルトの下から、やっと抜け出した。

暖炉の前に膝《ひざ》をついて、きのうレンが拾い集めた枯れ枝を燃やそうとした。黄ばんで干からびたような小さい手が、マッチを石灰岩ブロックのざらついた表面に擦り合わせた。

しばらく苦戦してから火がついた。骨片を打ち鳴らす楽器のように、薪《たきぎ》にした枝が爆《は》ぜて、炎がめらめらと立ち上がった。この暖かい火の前にちょっとだけ立ってから、よたよた歩いて、水の凍りついた流しへ向かった。

着替えてから、窓辺に行った。雪が落ちてきたようだ。冬の南部に降る水っぽい雪。地面に当たるとすぐ溶ける。だが、この日、ずっと町まで歩いて食べるものを調達するのだと思えば、ミス・ベルは頭がくらくらする気分だった。それから、あっと息を呑《の》んだ。ツバキの花が見えたのだ。いままでに見たことがないほど美しく咲いていた。あざやかな赤い花弁が、ひっそりと凍りついたようだった。

そう言えば、もう遠い昔、リリーがまだ小さかった時分だが、大きなバスケットをいくつも使って、どっさり花を摘んできて、「ローズ・ローン」の広々とした部屋から部屋に、そこはかとなく漂う花の香りをつけたことがある。そうしたらリリーが花を勝手に持ちだして、黒人の子供たちにくれてやっていた。もう腹が立ってたまらなかったが、いまとなっては笑ってしまうような思い出だ。リリーに会わなくなってからでも、十二年は経《た》っている。

あのリリーだって、いまはもう老婆と言ってよいのだろう。リリーが生まれた年には、あたしはまだ十九で、きれいな若い女だった。ジェドなんて、こんな美人は見たことないと言ってたもんだが、そんなのは昔の話——。いつからこんなになったのか、自分でもさっぱり覚えがない。また覚えがないと言えば、いつから貧乏になったのか、いつから年寄りになったのか。ジェドが去っていってからだろう。あの男もどうなったことやら——。まったく出し抜けに、おまえは器量が落ちた、やつれてる、なんていう言いぐさで、出ていった。あたしはリリーと二人だけで取り残され——そのリリーが、どうしようもない娘で——どうしようも——。

　彼女は手で顔を覆《おお》った。いまでも思い出すとつらいのだが、そのくせ毎日のように同じことを思い出して、ときに狂おしくもなって、どなったり叫んだりもする。あの男が来たときもそうだった。小生意気な若いのを二人連れていて、ツバキの木を売ってくれと言った。いやなことだ。売るもんか。でも、こわい男だと思った。もし木を盗んでいかれたって、こっちは何もできやしない。人の笑いものになるだけだ——。だから、どやしつけた。だから、憎らしかった。

　レンが部屋に来た。老いた黒人である。小柄で、前かがみで、額に傷があった。

「ミス・ベル」と、ざらついた声で言った。「町へ行きなさるかね？　やめとくがええです。ひでえ天気だ。外へ出ようって日じゃねえ」しゃべる老人の口から、冷気の中へ、息の煙が吐き出された。

「でも、きょうは行かなくちゃ。しばらくしたら出かける。暮れるまでには帰りたいからね」

家の外では、古ぼけた煙突から、煙がゆらりと巻いた雲のように立ちのぼり、屋根の上で青みがかった霧になって、ふと凍りついたように浮かんでから、きびしい風の一吹きでくるくる飛ばされていった。

帰り道の坂にかかった頃には、とっぷりと日が暮れていた。冬の日はすぐに暗くなる。きょうはまた格別で、あっと思うほど急に暮れていた。空に日没の光はなく、パールグレーの色が深まって、黒々とした闇《やみ》になった。雪は降りやまず、道はぬかるんで冷たかった。風は勢いを増し、枯れ枝の折れる音が弾《はじ》けていた。バスケットの重みで腰が曲がりそうになる。でも、きょうは来てよかった。ジョンソンさんは豚の腿肉《ももにく》の三分の一くらいも分けてくれたし、ちびのオリー・ピーターソンの店にも売れない野菜がたっぷり残っていた。これなら二週間は町に出なくてすむだろう。

家に帰り着くと、バスケットをずるりと地面におろして、しばらく立ったまま息を整えた。それから敷地の周縁まで行って、大きなバラのようなツバキの花を摘みだした。その一輪を顔に押しつけたが、まるきり感覚がなくなっていた。たっぷりと腕で抱えるほどに花を集めて、バスケットを置いたところへ戻ろうとした。すると、突然、声が聞こえた。じっと立ち止まって耳をすましたが、もう風の音しか返らなかった。

ずるずる沈み込む感覚があって、どうすることもできず、手を突き出した暗闇は、つかめるものがない虚空《こくう》でしかなかった。助けてくれと叫びたいのに、音がなかった。虚空が大波になって押し寄せると思った。いくつもの場面が心をよぎった。これまでの人生——ただ空《むな》しいばかりで、リリーが、またジェドが、ちらりと見えて、くっきり浮かんだのは長くて細い笞《むち》を持った母親……。

寒い冬の日だったという覚えがある。僕はジェニーおばさんに連れられて、ミス・ベルが住んでいた古い襤褸家《ぼろや》を見に行った。ミス・ベルは前の晩に死んでいて、この家の老黒人が見つけたということだった。ほとんど町じゅうの人が繰り出していた。まだ捜査があるとして死体は動かされていなかったから、そのままの現場を見た。死んだ人を見たのは初めてで、あれを忘れることはないだろう。

立ちならぶツバキの木の下に、その人は倒れていた。皺《しわ》だらけの顔がなめらかになって、きれいな色の花が散らばっていた。すごく小柄な、若い人のようにも見えた。髪に雪片がくっついて、花が一つだけ頬に押しつけられていた。こんなに美しいものを見たことはないと僕は思った。

誰もが、お気の毒に、とか何とか言っていたが、それはおかしいんじゃないかと僕は思った。生きているうちは、さんざん笑いものにしていたのだ。

そう、たしかにミス・ベル・ランキンは変わっていて、少しは頭の中まで変わっていたのかもしれない。でも、あの寒い二月の朝、あの花を頰に押しあてて、じっと静かに倒れていたのは、きれいな女の人だった。

もし忘れたら

If I Forget You

　グレースは、もう一時間近くもベランダに立って、彼を待っていた。午後に町で会った彼は、八時に行くと言ってくれた。そろそろ八時十分。彼女はベランダに下がっているブランコ式の椅子《いす》に坐《すわ》った。彼が来ることを考えないようにしよう、その家へ向かう道を見ないようにしよう、とさえ思った。うっかり考えたら、だめになりそうだ。もう彼が来ないということになるかもしれない。

「グレース、まだ待ってるの？」母が言った。「まだ来ないの？」

「うん、まだ」

「そんなとこに夜通し坐ってるわけにいかないでしょ。さっさと入んなさい」

　でも入りたくなかった。新聞を読む父と、クロスワードパズルを解こうとする母を見ながら、うっとうしい古ぼけた居間に坐っていたいはずがない。たとえ夜でも外に出ていたかった。ここなら夜気を吸って、匂《にお》いを嗅《か》いで、夜を実感していられる。上等な青いサテンのように、夜の生地を肌に感じていた。

「あ、来た」彼女は嘘《うそ》をついた。「道を歩いてくる。あたしも走ってって出迎える」

「だめよ、グレース・リー、そんなことしちゃだめ」母の声が響いた。

「だって、いいじゃないの。さよならって言ったら、すぐ戻るから」

ベランダの階段から道へと駆け出していって、もう母親には何を言う暇もあたえなかった。

こうなったら彼に会うまで歩いていくつもりだった。もし彼の家まで行くことになってもかまわない。今夜は大きな夜になる。幸福な、と言えるかどうかわからないが、美しい夜にはなるだろう。

いままで住み慣れた町を、彼は出ていくのだという。そうなったら、おかしなことになるだろう。彼がいなければ何もかも違ってくる。学校でサーロン先生が生徒に詩を書かせたことがあって、彼女は彼のことを詩に書いた。それが上出来で、町の新聞にも載った。題して「夜の魂に」。その最初の二行を、いま彼女は月光を浴びる道をたどりながら、口に出した。

愛する人は、強く明るく照る光
夜の暗闇《くらやみ》を閉め出してくれる

ほんとに好きなのか、と彼に聞かれたことがあった。そのとき彼女は「いまは好き。だけど、まだ子供なんだし、ただの恋愛ごっこかな」と答えた。でも、あれは嘘だったと思う。少なくとも自分に嘘をついていた。いまになって、いまの短い時間で考えれば、彼を愛していることがわかる。つい一カ月前には、こんなのは子供じみてることなのだと思い込んでいた。いま彼がいなくなることになって、そんなものではないとわかった。あの詩の一件のあとで、あんまり真剣に考えるな、まだ十六じゃないか、と彼に言われた。「たとえば二十になったとしてさ、その頃になって、どっかで名前を聞いても、それって誰だっけとしか思わないんじゃないのか」ひどい言われようだと彼女は思った。まあ、たしかに忘れられてしまうのかもしれない。いま彼は遠くへ行こうとして、もう会えなくなるのかもしれない。彼は希望どおりに優秀なエンジニアになって、彼女は誰も聞いたことのない南部の小さな町でくすぶったままになるのだろう。「でも私を忘れないってこともあり得る」と自分に言い聞かせた。「また戻ってきて、どこか大きな町へ連れ出してくれるかもしれない。ニューオーリンズか、シカゴか、ひょっとしてニューヨーク」そう考えただけで、彼女はうれしくて大興奮の目になった。

道は松林の間を抜けていて、その松の匂いが、ピクニックや乗馬やダンスの楽しかった思い出をよみがえらせた。

学年末のダンスパーティで、パートナーとして誘われたことを思い出す。それまでは何の付き合いもなかった。すごく格好いい男の子だったから、すごく得意になれた。グレース・リーという緑色の目をして雀斑《そばかす》だらけでちんちくりんの女の子が、こんな大当たりの獲物をかっさらうとは、誰だって思いもよらなかったろう。すっかり舞い上がった彼女は、いざダンスになっても上の空で、ついリードを受けそこなって、彼に足を踏まれ、シルクのストッキングが破れるという、みっともない事態になった。

これはもう本物のロマンスだと彼女は思い定めたのだが、そこに母が口を出した。まだ子供じゃないの、ということだ。本物の「愛情」（と母は言った）なんて、子供にはわかるものではないという説である。

そしてまた、この町の女子一同が羨《うらや》ましさに顔色を変えて、「グレース・リーは嫌い」キャンペーンを始めた。「ほら、あのチビのおバカよ」という声が交わされる。「あんなに媚《こ》びを売っちゃって」「そうよ、あれじゃ――あの、ええと、娼婦《しょうふ》と変わらない」「あの二人がどうなってるのか、思いっきり調べたい気もするけど、もし知ったら耳を疑うようなショックかもね」

つい足の運びが速くなった。あいつら、いい子ぶりっこで、もう考えるだけで腹が立つ。とくにルイーズ・ビーヴァーズとの喧嘩《けんか》を忘れることはないだろう。学校のトイレで、ひとの手紙を読み上げて、ほかの女の子たちもげらげら笑っていた。グレースが書いて本にはさんでおいた手紙を、ルイーズが盗んだということだ。それを読み上げて、大げさな身振り手振りで馬鹿《ばか》にして、ちっとも洒落《しゃれ》にならないことを笑いものにした。

「ああ、そういうつまんないことが、いろいろあったんだわ」と彼女は思った。

月が夜空に明るかった。ぼんやりした薄雲が、月面にレースのショールを掛けたように漂っている。その月をじっと眺めた。もうすぐ彼の家だ。この坂を上がって、また下れば着いてしまう。いい家だ。ぎゅっと詰まって無駄がない。彼が住むにはぴったり。

ただの感傷かもしれない、どうせ子供の恋、と思うこともあった。でも、いまは違う。そうではないと思う。彼は去っていって、ニューオーリンズの叔母の家で暮らすらしい。叔母さんは芸術家だという。それが彼女は気に入らなかった。芸術家は変人だと聞いている。

いなくなるなんていう話は、きのうまで聞かされなかった。こわくて言い出せなかったのかもしれない。いまは彼女がこわくなっている。ああ、みんな喜ぶことだろう。彼はいなくなって、彼女には会えない人になる。みんなの笑う顔が見えるようだ。

目にかかる明るいブロンドの髪を手で払った。冷たい風が木々の梢《こずえ》を吹き抜けてくる。そろそろ坂の頂上まで来て、あっと気づいた。あっちから彼が上がってくる。これなら坂の上で出会う。もう間違いないと思って、身体《からだ》が熱くなった。泣きたくなかった。笑いたかった。ポケットをさぐって、持ってくるように言われた写真をさがした。旅回りの移動遊園地が町に来たときに、その会場で撮った安っぽいスナップ。たいしてよく写っていない。

ほとんど着きそうになって、それ以上は進みたくなくなった。さよならと言わないかぎりは、まだ彼がいる。道ばたのやわらかい夜の草に坐り込んで、彼を待つことにした。「いまの願いはただ一つ」と、月明かりの夜空を見上げて言った。「彼が私を忘れないこと。まともに願ってよいのは、たぶんそれだけ」

火中の蛾《が》

The Moth in the Flame

エムは午後からずっと鉄枠のベッドに寝ていた。スクラップキルトを腰まで掛けて、ただ寝そべって考えている。だいぶ冷えてきた。アラバマでも、こんな陽気になる。

ジョージそのほか近在の男は総出になって、セイディ・ホプキンズの捜索をしている。いい年をして頭のいかれたセイディが脱走した。哀れなものだ、とエムは思った。沼地やら草地やらを逃げ回っているらしい。若い頃はきれいな娘だったのに——おかしな連中と関わり合いになったのがいけなかった。頭の芯《しん》まで、すっかりいかれてしまった。

エムは小屋の窓から外を見た。空は黒っぽい石の色になって、土地は凍りついたように畝《うね》が固まっていた。彼女はキルトを引っ張り上げた。このあたりには人っ子一人いない。ほかに農家と言えば四マイルも先である。一方に畑地、もう一方は沼地と森。

このように生まれついたのだと思うことがあった。生まれつき見えない、聞こえない、という人がいるように、彼女は寂しくなるように生まれたのだ。

狭い部屋を見回した。四方の壁が迫ってくるようだ。坐《すわ》った姿勢になって、安物の目覚まし時計がちくたく鳴る音を聞いていた。

突然、わけのわからない感覚が、背筋をせり上がった。ぞっとする恐ろしさだ。頭の地肌がぞくぞくした。すると、目のくらむ閃光《せんこう》が走ったように、あっと気づいた。誰かに見られている。すぐ近くに誰かが立って、こっちを見て、冷たい計算をする異常な目になっている。

わずかな時間だけ、心臓の音が聞こえそうなほど、じっと静かに横になっていた。時計の音は、空洞のある切り株にハンマーをたたきつけるように響いた。エムは、錯覚ではない、と思った。この恐怖感には理由がある。本能としてわかる。はっきりして、生々しくて、身体《からだ》に行き渡るような、そういう本能としてわかるのだ。

おもむろに起き上がって、室内に目を配った。何も見えないのだけれど、何者かが目をこらして、こちらの動きを窺《うかが》っていることが察せられた。

とりあえず手に触れたものを持ち上げると、薪を一本つかんでいた。それから思いきって声を出した。「誰だい？　何の用？」

冷たい沈黙が返っただけだ。きょうは寒いはずなのに、身体が熱くなった。顔が火《ほ》照《て》っていた。

「いるんだろ」錯乱したように叫んだ。「何の用？　姿を見せな。こそこそしやがって――」

すると声があった。疲れて怯《おび》えた声が、うしろから聞こえたのだ。

「あたしだよ、エム――。ほら、セイディだ。セイディ・ホプキンズだってば」

エムはくるりと振り返った。すぐ前に立っている女は半裸になって、髪を振り乱し、その髪が傷だらけの顔にかかっていた。両脚とも血まみれになっている。

「エム」この女が泣きつくように言った。「助けてよ。へとへとで、腹も減ってる。どっかに匿《かくま》ってよ。つかまりたくない。ねえ。つかまったらリンチされちゃう。あたし、頭がおかしいと思われてる。でも違うんだ、ね、エム、お願いだからさ、エム」と、もう泣き声になっていた。

エムは衝撃のあまり呆然《ぼうぜん》として、とっさに返事もできなかった。ふらふらとベッドに坐り込んだ。「何でこんなとこにいるのよ。どうやって入ったの」

「裏口から」と、いかれた女は答えた。「どっかに隠れないとだめだ。追われてるんだよ。沼地をこっちへ追ってくる。すぐに、あいつを見つけられちゃう。あたし、そんなつもりじゃなかったんだ。わざとやったんじゃない。ほんとに、そんなんじゃない」

エムはぽかんとした顔で女を見た。「何の話してんの？」

「ヘンダーソンとこの若いやつ」セイディは泣いて言った。「森の中で追いつかれてさ。あたしに摑《つか》みかかって、爪《つめ》を立てやがって、いたぞー、なんて大騒ぎするんだよ。おっかなくて、わけわかんなくなった。そしたら、そいつを突っ転ばした格好になって、ひっくり返りやがるから、こっちから飛びかかって、そこいらの石つかんで、頭をぶったたいてやった。もう夢中で、手が止まんなくなって、気絶させりゃいいと思ったんだけど、気がついたら——ああ、やだよう！」

セイディは、ドアに寄りかかって、けらけら笑いだし、大笑いになった。まもなくヒステリーじみた凶暴な笑いが部屋に充満した。すでに夕闇が降りている。石灰岩の暖炉の火が、奇怪な影を室内に投げた。狂女の黒い目の中にも影は踊った。影は女の狂乱を鞭打《むちう》って、さらに激しく駆り立てるようだった。

エムはベッドに坐ったまま、恐怖に呆然として、思考停止の怯えた目になっていた。セイディと、その暗黒の笑いで、金縛りにあったようだ。

「あたしを追い出したりしないよね」女が叫び声で言った。それから、じっとエムの目をのぞき込む。もう笑っていなかった。「頼むよ、エム」と泣きつく。「つかまりたくない。死にたくない。生きていたい。あいつらがいけないんだ。あたしがこうなったのは、あいつらのせいだ」

女は火をのぞき込んだ。ここにもいられないと思った。ややあって女は言った。

「エム、沼地のどのあたりなら、きょうはまだ捜されないだろう」

ここは考えどころで、エムはまっすぐに坐った。必死になった涙が目に熱かった。

「ホーキンズの家の近辺は、あしただね」という嘘をついたら、胃袋がぐーっと沈んで、千年もの時間を落ちている気分だった。

「じゃあね、エム」

「じゃあね、セイディ」

セイディが表口から出ていくのを、エムは見送った。女の姿が沼地に達して、ジャングルのような暗闇の奥に消えた。

第二部

エムはベッドに倒れ込んで泣いた。泣いているうちに、熱を出したように眠った。

男の話し声がして目が覚めた。小屋の外を見たら、ジョージと、ハンク・シモンズと、ボウニー・ヤーバーが、暗がりを歩いてやって来た。

彼女は飛び上がって、濡《ぬ》らした布で顔をぬぐった。台所のランプを明るくして、雑誌を読んでいた体裁にしたところへ、三人の男が入った。

「ただいま」ジョージが彼女の頬にキスをした。「おい、熱いな。具合でも悪いのか」

彼女はうなずいた。

「こんばんは」二人の男が言った。

彼女は挨拶《あいさつ》を返すこともなく、ただ読んでいることにした。男が一人ずつ柄杓《ひしゃく》で水を飲んだ。

「水も結構だが、もうちょっと気の利《き》いたやつを飲《や》らねえか」とジョージが言って、ボウニーを肘《ひじ》で突《つつ》いた。

エムは、ぱたんと雑誌を置いた。男三人の顔色をうかがう。

「あの――あのさ、」声に震えが出た。「セイディは見つかったの？」

「ああ」ジョージが言った。「ホーキンズの家のほうで、沼の水が巻くところがあるだろう。溺死《できし》だった。たぶん身投げだな。だが、その話はよそう。ひどいなんてもんじゃねえ。あれは――」

だが、その先は言われなかった。エムは飛び上がって、ランプを倒し、そのまま寝室へ逃げていった。

「ありゃ、何がいけなくて、ああなってんだ。わからねえ」ジョージは言った。

沼地の恐怖

Swamp Terror

「だからさあ、ジェプ、逃げた囚人を追っかけて森の奥へ行くなんて、赤ん坊より頭悪いじゃん」

そう言ったのは、まだ年端《としは》もいかない子供だった。ナッツみたいな色の顔に雀斑《そばかす》がある。仲間の少年に、せがむような目を向けた。

「おい、あのなあ」ジェプが言った。「でたらめをやらかしてるんじゃないぜ。えらそうな口をきかれたくねえよ」

「だけど、やっぱり頭おかしいよ。おっかない森で犯人さがしだなんて、おまえの母ちゃんに知れたらどうなる？」

「レミー、えらそうな口きくなっつってんだろ。ついて来てくれなんて言ってやしねえんだし、いやなら帰れよ。おれはピートだけ連れてって、そいつを見つける。そうしたら、おれたちが捜索隊に知らせるんだ。そうだよな、ピート」と言って、ならんで歩く犬にぽんぽんと手を当てた。濃淡のある茶系の犬を連れてきている。

　しばらく黙って歩いた。レミーと呼ばれた子は、どうしようか迷っていた。森の中は暗くて、静まり返っている。どうかすると鳥の羽ばたく音、啼《な》く声が、木々の間から聞こえる。たどっていく道が川に近づくと、速い流れが岩の上を滑って小さな滝となる水音も聞こえた。それほどに、ただ静まっているということだ。レミーは一人で歩いて引き返すのはいやだと思ったが、このままジェプと進んでいくのはもっといやだった。

「な、ジェプ」ようやく意を決した。「おれ、やっぱ帰る。こんなとこ、これ以上行きたくない。こんだけ木や草が生えてたんじゃ、どこに犯人がいるかわかりゃしない。こっそり隠れて、飛びかかってきて、殺そうとするかもしれないぞ。ひとたまりもねえよ」

「じゃあ、帰れ。びびりやがって。一人で帰る途中でやられちまえばいいだろ」

「いいよ、じゃあな――あした、また学校で」

「そうか、じゃあな」

　ジェプは、草を分けて駆け出すレミーの足音を聞いた。おびえたウサギがとっとと逃げていくようだった。「ああいうやつだ」ジェプは思った。「ウサギみたいだ。まだガキだよな。あんなやつ、連れてくるんじゃなかった。なあ、ピート」

　この最後のところは声に出して言った。いきなり静寂を破られて、犬もびっくりしたのかもしれない。老犬がおびえたように小さく一声吠《ほ》えた。

　また静かに歩いた。ジェプは何度も立ち止まって、森にじっと耳を澄ませた。しかし物音一つしなかった。彼自身のほかには、ここに通りかかる者の気配はない。歩いていると開けた場所に出ることもあった。やわらかな緑色の苔《こけ》がカーペットのように地面を覆《おお》って、大きな白い花をつけたマグノリアの大木が光を遮っている。この花に——死の匂《にお》いがあった。

「レミーの言うこと聞きゃよかったかな。おっかねえとこ来ちゃった」木々の梢《こずえ》を見上げると、ちらほらと青空も見えた。このあたりは鬱蒼《うっそう》として、ほとんど夜のように暗い。突然、ざわざわっと音がした。ほぼ瞬時に、何なのかわかった。恐怖に麻痺《まひ》して足が止まった——。ピートが、きゃん、と短くすさまじい一声を上げた。それで呪《じゅ》縛《ばく》がとけた。振り向くと、大きなガラガラ蛇が第二撃の構えをとっていた。ジェプは思いきり飛んで、つまずいて、ばったり倒れた。だめだ、もう終わりだ！　むりやり視線を回した。蛇が大きく飛びかかってくるのだろうと思ったが、ようやく焦点の合った目の前には何もなかった。見えたのは尻尾《しっぽ》の先だ。がらがらと鳴る長い尾が、下草にもぐり込んでいくのだった。

数分の間、いまの衝撃にぶちのめされ、全身が怖さに痺《しび》れて、動きがとれなくなっていた。やっと肘《ひじ》をついて、ピートはどこへ行ったのかと見回しても、あたりに姿はない。あわてて跳ね起きて、夢中で犬をさがしたら、赤土の削れた斜面を転げ落ちたピートが、溝の底に横たわり、突っ張って腫《は》れ上がって死んでいた。ジェプは泣かなかった。恐ろしさに泣くこともできなかった。

どうしたらよいのか。いまどこにいるのかもわからない。駆け出して、森の中を半狂乱で走ったが、道らしきものがなかった。どうにもならない。迷子だ。たしか川があったはずだと思ったが、だからといって何にもならない。沼地を流れる川は、ところによって渡れないほど深くなる。それに夏は水に棲《す》む毒蛇がうようよしているに違いない。だんだん暗くなって、まわりの木々が奇怪な影を見せていた。

「犯人だって、よくこんなところにいられるな」と思った。「あ、そうだった。すっかり忘れていた。とにかく逃げなきゃ」

だから走りに走った。どこかの開けた場所に出た。その真ん中に月が輝いていて、大聖堂にでも来たようだ。

「木に登ったらどうだろう」と思った。「森の外が見えたら、そっちへ出る見当がつくかもしれない」

一番高そうな木をさがした。鈴懸《すずかけ》の木だった。まっすぐで、すべすべして、地面の近くには枝がない。だが木登りは得意だ。やってやれないことはない。

木に取り付いて、その幹を子供なりに力のある脚ではさみつけ、じわりじわりとよじ登った。二フィート上がって一フィートすべる。頑張って上を見ながら、とりあえず手を掛けられそうな枝に目標を置いていた。その枝にたどり着いて、しっかり摑《つか》むと、両脚を幹から離した。落ちるかもしれないと思いながら、一分くらい、ぶら下がっていた。それから片脚を大きく揺らして、次の枝にまたがり、はあはあと息をついた。一休みしてから、また上へ行った。枝から枝へ、手足を掛けて登った。だんだん地面が遠ざかった。てっぺんまで登って、梢から頭を出し、あたりを見回したが、どっちを見ても森の木があるだけだった。

一番太くて丈夫そうな枝まで降りた。この高さなら安心だと思った。地面からは気づかれない。ここで夜明かしになる。もちろん、眠りに落ちたら、木からも落ちる。だが、もう疲れていて、何もかもふらふらと回っているようだ。しばらく目を閉じてしまって、あやうくバランスを崩しそうになった。はっと気づいて仮眠状態を脱すると、頬をぺしゃぺしゃ叩《たた》いた。

静かだった。コオロギやウシガエルが奏《かな》でるはずの夜の音楽さえも聞こえない。まるで音がなく、不気味で、謎《なぞ》めいていた。あれは何だ？　彼はびくっとした。いま声が聞こえた。近づいてくる。すぐそこだ！　見おろすと、下草に動く二つの人影があった。こっちへ来ようとするようだ。やった、ありがたい、捜索隊の人だろう。

だが、一人の声がわかった。か細くて、こわがった声が悲鳴になった。「やだよ！　もう放してってば。うちに帰りたい」

ジェプにも聞き覚えのある声だ。レミーの声じゃないか！

なんだってレミーがこんなところにいるんだ。先に帰ったんじゃなかったのか。レミーを放さないというのは誰だ。というような考えがジェプの心を駆け抜けて、いまの状況がすとんと胸に落ちた。逃亡犯がレミーをつかまえた！

どすの利《き》いた声が夜気を裂いた。「うるせえ、このガキ」

レミーがめそめそ泣くのが聞こえた。どちらの声も、はっきりわかるようになった。ほぼ真下にいる。ジェプは恐怖に息を詰めた。自分の心臓の音も耳に響くようで、胃袋がねじれそうな痛みもあった。

「おい、ここで坐《すわ》れ」犯人が命令した。「ひいひい泣くんじゃねえ」

ジェプにも下の様子はわかった。レミーは地面にへたり込んで、やわらかい苔の上に転がり、泣き声を押し殺そうと必死だった。

犯人は立ったままだ。筋肉の張った大男だった。髪の毛が見えない。大きな帽子をかぶっている。鎖につながれて作業する囚人が、こういう麦わら帽子をかぶらされる。

「じゃあ、言ってもらおうか」男がレミーを小突いた。「捜索には何人くらい出てやがるんだ」

レミーは一言もしゃべらなかった。

「言え、こら」

「知らない」レミーは消え入りそうな返事をした。

「へえ、そうかい。だったら、もう捜索の終わったのはどのあたりか教えろ」

「知らない」

「このやろ」男はレミーの横面《よこつら》を張った。レミーはまた引きつけるように泣いた。

「何だよ、これ、こんなの嘘《うそ》に決まってる」ジェプは思った。「夢だ。こわい夢だ。目が覚めれば、嘘だとわかる」

目を閉じて、また開けた。そうすれば、ただの夢だと実証されるはずだった。でも、まだ二人はいた。逃げた囚人とレミーがいる。その上の木の枝に彼がいる。こわくて息をするのもやっとだ。もし何か重いものでもあれば、男の頭の上に落として、ばったり倒してやれるだろうが、そんなものはない。というような考えを、彼は途中で止めた。また男がしゃべりだしたのだ。

「こいつめ、いいかげんにしろ。こんなとこに一晩中いられやしねえ。もうすぐ月も消えるぜ――こりゃ、雨になるな」男は木々の上の空を見た。

ジェプは恐怖に血が凍りついた。男に見られているような気がする。この枝を見ているんじゃないのか。いつ気づかれるかわからない。ジェプは目を閉じた。一秒が一時間もあるように、重たい時が過ぎていった。ようやく思いきって目を開けると、男はレミーを引っ張って立たせようとしていた。ああ、見られてはいなかった！

男が言った。「おい、ぶん殴るぞ」

いま男はレミーをつかんで、ジャガイモの袋を持ったように、半分引き上げたところで、どすんと落とした。「黙れ、泣くんじゃねえ」どなった声の衝撃は電気が走ったようで、レミーはぴたりと泣きやんだ。どこかおかしい。いま男は木のそばに立って、じっと森に耳を澄ませていた。

ジェプにも聞こえた。草を分けて近づくものがある。小枝を折る。茂みをすり抜ける。それが何なのか、彼の位置からはわかった。十人の捜索隊が円陣を絞るように、迫っているのだった。だが犯人には物音が聞こえるだけだ。よくわからないままに、男は慌《あわ》てた。

レミーが声を上げた。「ここだよ、こっち、こっ――」だが、もう男に押さえられた。レミーの顔は、人知れず、地面にめり込んでいた。子供の手足がばたばたして、ぱたっと止まると、もう横たわった身体《からだ》は硬く動かなかった。その後頭部から男の手が離れるのを、ジェプは見た。レミーの様子がおかしい。はっと閃《ひらめ》くようにジェプにもわかった。いまになって、やっとわかった――レミーは死んだのだ！　犯人に息を止められた！

もう捜索隊はじりじり迫るのではなく、猛然と草を分けて突入した。犯人も逃げられないことを知った。ジェプのいる木の幹を背にして追い詰められた男が、ひいひいと弱音を吐いた。

これで終わった。ジェプが叫びを上げると、捜索隊が腕を広げた。その一人の腕の中に、うまく飛んでいけた。

逃げていた男は、手錠を掛けられ、わめいていた。「あのガキめ、あいつのせいだ」

ジェプはレミーを見やった。ある一人がのぞき込んでいた。それから隣の者に言った声がジェプにも聞こえた。「ああ、だめだな」

このときだった。ジェプは笑い出していた。引きつけるような笑いだった。しょっぱい熱い涙が、頰を流れた。

知っていて知らない人

The Familiar Stranger

「あ、それから、ビューラ」と、ナニーは声を掛けた。「出かける前に、こっち来て、クッションの具合を見とくれ。なんだかロッキングチェアが坐《すわ》りにくくて、だめだよ」

「はあ、すぐ行きます」

ナニーは太い息をついた。新聞を手にして、ぱらぱらと何ページか飛ばす。見ようとしたのは社交界の動静、というほどのこともない。コリンズヴィルの町にそんなものはないのだから、せいぜい住人の近況である。

「さて、どうだろ」鼻っ柱の強そうな鼻の上で、ホーンリムの眼鏡の位置を直した。

「ヤンシー・ベイツ夫妻はモービルへ行って親族を訪問――。だから何だね。身内で行ったり来たりしてるんだ」ほとんど声に出かかって、その次は訃《ふ》報《ほう》の欄に目を移した。これを読むのが、陰気な楽しみになっている。一日ごとに、ずっと昔から知っていて、同じような時期に育った人が、男も女も、どんどん世を去っていく。みんな墓の中で冷たくなって動かないのに、自分はまだ生きているのだから大威張りだ。

ビューラが部屋に来た。ミス・ナニーが新聞を読んでいるロッキングチェアに近づいて、老女の背後からクッションをはずし、ぱんぱん叩《たた》いてから、女主人の背中にうまいこと宛《あて》がった。

「だいぶ良くなったよ、ビューラ。毎年、この季節には、リューマチが出るんでね。そうなると痛くって、どうしようもない。もう、どうしようも」

ビューラは、おいたわしいとばかりにうなずいた。

「はあ、わかりますよう。あたしとこの叔父も、そんなんで死にかけたことあったんで」

「ほら、ビューラ、ここに書いてある。ウィル・ラーソンが死んだってさ。どっからも電話一本来なくて、何にも知らされなかったのがおかしいね。知ってる人なんだよ。仲良かったんだ」彼女はおどけてうなずいた。どれだけの男に惚《ほ》れられたかという空想の中で、その一人だったと言わんばかりである。

「それじゃあ」ビューラは、壁を背にして立っている大きな振り子時計に、目を走らせた。「そろそろお医者様んとこ行って、お薬いただいてまいりますで、ちょっと待ってくださいまし。すぐ帰ります」

ビューラが部屋を出てから、五分もすると表のドアがばたんと閉まったようだった。彼女はまた新聞を見ていった。まず社説でも読もうとして、それから家具工場の建設計画とやらの記事を読んでみようとしたのだが、なぜか磁石で吸いつけられるように訃報に戻ってしまった。これを二度、三度と読み直した。そう、みんな知っていた人なのだ。

暖炉に明るく燃える赤と青の炎を見つめた。こうして何度、この暖炉を見てきたことだろう。冷たい冬の朝に、明るい色のスクラップキルトの下から起き出して、凍るようなフロアを踏んでいって、痛いくらいに寒いと思いながら暖炉に火を焚《た》いた。そんなことが何度あったのだろう。何千回にもなる！ 住宅街の本通りにある家に、ずっと昔から住んできた。父も、そのまた父も、そうだった。この町の草分けと言ってよい。そういう家系が、彼女の自慢だった。だが、もう過去のことだ。父も母も死んだ。昔の友だちも、少しずつ、いつの間にやら、減っている。これを王朝の衰亡と見る人はいなかろうが、小さい村でも大きな町でも、南部は貴族社会のようなもの。それが徐々に消えていく。夜のうちに、小さく燃えた生命の火が、目には見えない不思議な力に吹き消される。

彼女は、膝《ひざ》の上にあった新聞を押しのけて、目を閉じた。暖気のこもる部屋にいればば眠たくなる。すうっと寝入りかけて、振り子時計が正時を告げる音に、はっと目覚めた。一、二、三、四――。

目を上げて、おやっと思った。部屋に自分以外の気配がある。眼鏡に手を伸ばし、するりと顔に掛けて、室内を見た。何ともなさそうだ。ひどく静かで、表の通りを車が行く音も聞こえない。

ようやく目の焦点が合ってくると、彼がいた。すぐ目の前に立っている。小さく息を呑《の》んだ。

「あら、あなたなの」

「わかります？」まだ若い紳士が言った。

「見たような顔だわ」落ち着いた声が出た。意外そうな語気ではある。

「かもしれませんね」紳士はなめらかな口をきいた。「よく存じ上げておりますよ。うんと小さい頃にお見かけしました。かわいらしいお嬢ちゃんだった。私がお母さんに用があって参上したのはわかりますか？」

ナニーは相手をじっと見つめた。「いえ、そんな――。だって、あなたみたいな若い人が、うちの母を知ってるわけないじゃないの。あたしは年寄りで、その母親はとうに死んでるんですよ。あなたなんて生まれてもいない」

「いや、いや――。よく覚えてますよ、お母さんのこと。もののわかった人だった。そう言えば、面差しが似ておられる。鼻のあたり、目のあたり、白い髪も同じです。これは、なかなか!」と、この男が見下ろしてきた。真っ黒な目をして、唇はルージュをつけているのかと思うくらいに赤い。なんだか魅力があって、老女も引きつけられるような気がした。

「そう、あんただよ、思い出した。あたしなんか、そりゃ小さかったはずだ。夜遅くなって、あんたが来たから目が覚めたんだ。あの夜は――」と言いかけて、あっと息を呑んだ。そうとわかった恐怖の光が目をかすめる。「母が死んだ夜だった!」

「はい、そうです。これはまあ、よく覚えておられますね、お年のわりに」男は語尾にひねりを利《き》かすように言った。「ですが、その後も、よくお会いしてますよ。お父さんが亡《な》くなった夜にも、そのほか何度でも。はい、それはもう、よくお見かけしました。私のことも見ておられたのでしょうが、私が何なのかおわかりになったのは、きょうが初めて。あ、そうだ、このあいだの晩は、古いお知り合いの方と、お話しさせてもらいましたよ。あれはウィル・ラーソンさん」

ナニーの顔が蒼白《そうはく》になった。目だけが顔の中でかあっと熱く燃えている。その目を男の顔からそらすことができなかった。手を出されたくなかった。触れられないかぎり大丈夫だという気がする。まもなく、力の抜けた声で言った。

「じゃあ、あんたは――」

「いや、まあまあ」男が途中でさえぎって、「ここで喧嘩《けんか》をしても始まらない。そう悪いことにはなりませんよ。というより、いい心地かもしれません」

彼女は、両手でロッキングチェアにしがみつき、熱に浮かされたように揺らしだした。「出てけ」しゃがれた声にしかならない。「出てってくれ。さわるんじゃない。やだ、やだ。いますぐなんて、おかしいだろ。まだ早い。来るなってば！」

「おや」調子のよい若い紳士が笑った。「これは、マダム、まるでヒマシ油を飲まされる子供みたいですね。いいですか、ちっとも不快ではないんです。では、こちらへ。どうぞ、どうぞ。おでこにキスをいたしますよ。痛くなんかありません。静かな、安らかな気持ちになれます。眠りに落ちるようなもの」

ナニーは椅子に背中を押しつけられるだけ押しつけた。赤い唇が間近に迫ってくる。叫びたいのに息もできない。こうなって終わるとは思いもしなかった。椅子にできるだけ縮こまって、クッションをぎゅっと顔に当てた。男は力が強い。クッションを引きはがされそうになる。その顔、すぼめた唇、好色そうな目。怪奇な愛人とでもいうような――。

ばたん、とドアの音がした。彼女は思いきり悲鳴を上げた。「ビューラ、ビューラ、ビューラ！」足音がぱたぱた響いた。クッションを顔の前からどかしたら、黒人の女の顔が見下ろしてきた。

「どうしたんです、ミス・ナニー？　どっか悪いですか？　お医者さまぁ、呼ぶのがええですか？」

「あいつは、どこ？」

「あいつって、どいつです？　何の話ですかね？」

「ここにいたのよ、見たんだもの。あたしを連れに来た。ほんとだよ、ここにいたの」

「あはぁ、ミス・ナニー、また悪い夢見なすったね」

ナニーの目から、錯乱したスミレ色の光が消えた。ビューラの困った顔から目をそらす。暖炉の火がじわじわ消えかかっていた。最後の炎が小さな歩幅で踊っている。

「悪い夢？　いまのが？　どうなんだろ」

ルイーズ

Louise

エセルは、そうっと静かにドアを開けると、暗い廊下の左右に目を配った。誰もいない。ほっと安堵《あんど》の息をついてドアを閉めた。とりあえず一つ終わった。ルイーズは郵便物を保存しない、燃やすのかもしれない、ということはわかった。ほかの子たちは、もう食事に降りているだろう。ちょっと頭が痛くなって遅れました、と言えばよい。

するすると階段を下りて、大きなラウンジを足早に突っ切り、テラスを抜けて、食事室へ行った。女生徒の笑い声、話し声が、部屋に響いていた。うまいこと目立たずに着席したのが、第四テーブルで先生のすぐ隣。ここはミス・バークを校長とする〈女子アカデミー〉の、さりげなく豪勢なダイニングサロンである。

先生が目で問いかけるので、彼女は嘘《うそ》で答えた。「さきほど頭痛がひどかったので

——少しだけ横になろうと思ったら、寝てしまったみたいです。食事のチャイムも聞こえなくて——」と、なめらかに言ってのけた。ミス・バークが全校生に身につけさせたいと熱望する言葉遣い。この校長が見るところ、エセルのような少女こそ、本校に望ましい生徒像である。十七歳の若きレディ。良家の出で、裕福で、じつに心ばえがよろしい。ところが生徒の間では、ちょっと鈍くさい、ということになっている。つまり垢抜《あかぬ》けていない。エセル本人はというと、自分の評判が悪いのは、ルイーズ・セモンのせいなのだと思っていた。これはフランス系の生徒で、とびきりの美少女なのである。

ルイーズは、〈アカデミー〉では、女王蜂《ばち》のように見られていた。ほかの生徒には憧《あこが》れの的だし、また教師から見ても羨《うらや》ましいくらいに出来がよく、異様なほどに美しい。すらりと背が高く、みごとなプロポーションをして、肌の色はオリーブ色が濃い。真っ黒な髪が顔の両側から肩の高さまで豊かに波打って、光の具合によっては、青みがかった光輪を放つようにも見えた。また第四テーブルの担任が、うっとりして口走った讃辞《さんじ》によれば、彼女の黒い瞳《ひとみ》は夜のように黒いのだった。というように誰にでも愛されていたのだが、そうはいかない例外がエセルであり、また校長たるミス・バークその人だったかもしれない。ルイーズが全校に影響をおよぼすのはけしからんという、ぼんやりと反感めいたものがあった。学校のためにも、また生徒本人のためにもならないと思ったのだ。ルイーズには、フランスの〈プティート・エコール〉およびスイスの〈マントン・アカデミー〉から、文句なしの推薦状が来ていた。ミス・バークは、この生徒の両親には会ったことがない。スイスの山荘に住んでいるのだという。アメリカでの保証人はニコル氏という人物で、この男が諸般の手続きを引き受け、年度ごとの費用もニコル氏を介して小切手が届いていた。ルイーズが転入したのは秋学期の開始時だ。それから五カ月とはたたないうちに、学校は彼女の掌中にあったと言ってよい。

　エセルは、そんなルイーズ・セモンが大嫌いだった。セモン家の父親はフランスの伯爵《はくしゃく》で、母親にはコルシカで継承する資産があるという噂《うわさ》が流れていた。とにかくルイーズについては何もかも気に入らない。美人なのも、人気があるのも、その人物、言動のありようも、逐一、癪《しゃく》にさわった。どうしてなのか、よくわからない。たしかに嫉妬《しっと》心もかなりあるのだが、そうとばかりは言いきれない。ルイーズが陰で笑っていると思うからでも、エセルに知らん顔するみたいだからでもない。そういうのとは違う。エセルが見た感じでは、ルイーズには誰もが夢にも思わない何かがありそうなのだ。それが思い過ごしでない証拠を見つけたかった。そうなればルイーズもたいしたものではなくなる。きょうの午後は、とりあえず何も見つからなかった。たしかに彼女の部屋には一通の手紙すらなかったかもしれない。だがエセルは食事の席で、ルイーズが楽しげな談笑の中心になっているテーブルを見て、にやりと笑っていた。今夜、ミス・バークに、ちょっとした話を聞いてもらうつもりなのだ！

Ⅱ

　バーク校長の応接間で、大きな振り子時計が八時のチャイムを鳴らし、エセルは立ったままで待っていた。照明が薄暗いので、部屋の隅までは光が届かない。全体に寒々しく、ヴィクトリア時代のような雰囲気があった。エセルは窓際《ぎわ》にいて、今年の初雪をながめた。裸になっていた木々が白い衣をまとって、地面にはさらさらした銀色の覆《おお》いがかかる。「そのうちに詩を書こう。初雪の詩、作者はエセル・ペンドルトン」うっすら笑みを浮かべて、色調の暗いタペストリー貼《ば》りの椅子《いす》に坐《すわ》った。

　窓とは反対の奥側でドアが開いた。ミス・バーク専用の居室から、ミルドレッド・バーネットが出てくる。

「おやすみなさい、先生。ありがとうございます。助かりました」

エセルは暗がりから進み出て、すばやく応接間を突っ切った。奥の部屋の手前で立ち止まり、深く息を吸い込む。言うべきことは頭に入っていた。とにかく、あやしいことがあると先生に知ってもらいたい。それが学校のためであって、それ以外ではない――と言えばよい。だが、本当はそうではないことも、エセルにはわかっていた。そっとノックして待っていると、ミス・バークの高い声が聞こえた。

「どうぞ」

ミス・バークは暖炉の前で椅子に腰かけ、小さな陶器のデミタスでコーヒーを飲んでいた。暖炉のほかに光源はない。ミス・バークの足元で、やわらかいクッションに坐ったら、おかしなことに、のんびり穏やかなクリスマスカードの絵柄になったようだった。

「はい、いらっしゃい、エセル。よく来てくれたわね。どんなご用があるのかしら？」

エセルは、ほとんど笑いそうになった。すごくおかしい。皮肉なものだ。いまから十五分もしたら、この落ち着き払った女校長が、あわてふためいているだろう――。

「バーク先生、じつは気づいたことがありまして、すぐお知らせするのがよいと思いました」しっかりと言葉を選んで、その音調にも抜かりはなかった。ミス・バークに感心されるような、正確で上品な言い方にしている。「ルイーズ・セモンに関することです。先日、私の実家の知り合いで、医師でもある人が、学校に訪ねてまいりまして――」

ミス・バークは、デミタスを置いて、エセルが語ることに驚愕《きょうがく》して聞き入った。しかつめらしい顔が赤くなった。この話の途中で、一度だけ口走っている。「でも、エセル、入学の手続きを行なったのは、信頼のできそうな――ニコルさんという人だけれども、そんなことが本校にあってはならないと、わかりそうなものじゃありませんか。そんな、おぞましい！」

「でも、ほんとなんです」エセルも口走った。疑いを挟まれて不満顔だ。「嘘じゃありません。あすにでも、そのニコルさんという人に電話してください、もし私が言うとおりなら、とんでもない話で、この学校の信用を危うくする一大事だとおっしゃってください。ほんとなんですから。あの、何なら、ニコルさんに聞くだけじゃなくて、もっと確実な問い合わせ先もあるんじゃないですか――？」

これにミス・バークもうなずいた。聞くほどに、さもありなんと思えて、衝撃が強まった。エセルが語る声と、静かに燃える暖炉の音が聞こえる。そのほかには、雪が窓ガラスにさらさらと降りかかって、おとなしい存在感を示すだけ。

Ⅲ

エセルが自室に戻ったのは、廊下に薄ぼんやりした灯火が一つあるだけの時刻だった。もう一時間も前に消灯の合図が出ていた。暗い中で着替えをすることになる。部屋に入ったら、その瞬間に、おかしいと思った。いま一人ではない。

おっかなびっくりの小声で、「誰なの」と言った。ぞっとする怖さを覚えながら、ルイーズだと思った。どうにか様子を察したらしい。知られた。だから来た――。すると、自分の心臓の鼓動を上回って、さらっと絹地の擦れる音が聞こえ、腕につかみかかる手があった。

「わたし――ミルドレッド」

「ミルドレッド・バーネット?」

「ええ。あなたの行動を止めに来たの」

エセルは笑ってやろうとしたが、どこかで引っ掛かって、咳《せ》き込んでしまった。

「何のことか、さっぱり――わけわかんない、雲をつかむような話だわね。止めるって、何を?」と言いながらも、その声には嘘があると自分でも思っていて、恐ろしくなった。

ミルドレッドが彼女を揺さぶった。「わかってるくせに――。今夜、バーク先生に会ったでしょう。こっそり聞いてたのよ。あんまり誉められたことじゃないけど、でたらめな告げ口からルイーズを守ってやれるなら、聞いておいてよかったと思うわ」

エセルは追及してくる相手の腕を押しのけようとした。「やめてよ。痛いじゃない！」

「あなた、嘘ついたわ。そうでしょ？」怒れるミルドレッドの声が掠《かす》れていた。

「ちがう、ちがう――ほんとの話よ。誓ってもいい。バーク先生が調べれば、はっきりするじゃないの。そうなったら、ミス・セモンのことをすばらしいなんて思うわけないんだから！」

ミルドレッドは、エセルをつかんでいた手を離した。「あのね、本当かどうかなんて、わたしには全然、まったく、どうでもいいことなのよ。あの人と、あなたでは、まるっきり比べものにならないもの」彼女は一瞬だけ言いさして、しっかりと言葉を選んだ。「じゃあ、言っといてあげるわ。またバーク先生の部屋へ行って、あれは嘘でしたと白状なさい。さもないと身のためにならないわよ、エセル・ペンドルトン。あなたは、とんでもない火遊びをしてるんだからね」

そう最後に言い残して、彼女はドアを開け、ばたんと閉めた。

エセルは恐ろしい暗闇《くらやみ》に立ってふるえていた。ルイーズがどうこうではない。そんなことは構わない。それよりも、ほかの生徒たちだ。ミルドレッドから話が広まることだろう。そう思うと、いきなり泣きそうな気がしてきた。

Ⅳ

ミス・バークは、校長室のソファで横になっていた。大きなピンク色の絹の枕《まくら》で、頭を支えている。手はぎゅっと目を押さえて、張りつめた神経に噛《か》みつくような頭痛を追い返そうとしていた。

考えるだけでもぞっとした。もしエセルが、校長だけではなく、ほかの生徒にも話してしまって、それが親にまで伝わったとしたら、どうなっていたことか。そう、エセルは大手柄だったと言わねばなるまい。

そのエセルが校長の専有区域に入ると、応接間の時計が五時のチャイムを鳴らしていた。弱々しい冬の太陽はすでに消えた。分厚いカーテンのかかった窓から、一月の夕闇がじんわりと浸透する。校長に動揺があることはエセルにもわかった。

「よく来てくれたわね」ミス・バークの声に心労が出ていた。

「お呼びでしたでしょうか?」エセルは何も知らぬげに、すっとぼけようとした。

ミス・バークは、じれたような手つきをした。

「前置きは要らないわね。あなたの言ったことは正しかった。ニコルさんに電話したのよ。あの生徒の両親について、包み隠さず教えなさいと言った。そうしたら、母親というのは、アメリカの黒人なんだそうよ。西部の出で、厳密に言えば黒人の血が半分混ざってる。パリでは大評判の踊り子でね、それが裕福で爵位のあるフランス人と結婚した。アレクシス・セモンという男。だからルイーズは、これも厳密な言い方をすれば、あなたが疑ったとおり、四分の一だけ黒人になる。残念至極です。もちろん、私たちにとっては、容認しがたいことだとニコルさんに言いましたよ。当該の生徒は、ただちに退学処分の通知を受ける、とも言いました。今夜のうちに引き取りに来てもらうことになってるわ。当然、ルイーズとも面談して、なるべく穏やかに諭しましたよ——そのへんは詳しく言うまでもないわね」

彼女は、わかってもらいたいと言いたげに、エセルの顔を見た。だが、眼前には若い娘の顔が一つあるだけで、その薄い唇は、すっと横に引かれて、会心の皮肉笑いを浮かべていた。ミス・バークは、この嫉《ねた》み深い小娘の手にまんまと乗せられたことに、はたと気づいて、思わず「もう行ってよろしい」と言っていた。

エセルが出て行ってから、ミス・バークはルイーズが自己弁護として述べたことを、こわいくらい明瞭《めいりょう》に思い出しながら、ソファに寝そべっていた。——どう違うとおっしゃるのですか。見た目には変わりません。知力も、魅力も、ほかの子に負けません。教養でも引けを取りません。この学校が楽しいです。アメリカは民主主義の国ではないのですか。

こうするしかなかった——。そう考えて、ミス・バークは慰めを得ようとした。何と言っても、ここは品の良い女子校なのだ。あの娘を受け入れたのは、詐欺《さぎ》に引っ掛かったようなものだ。ところが、そんなことはない、正しいのはルイーズだ、という声がどこからか聞こえるような気もしていた。

V

九時。エセルはベッドに寝て、天井を見つめ、何も考えまい、聞くまいとしていた。眠って忘れてしまいたかった。

突然、やわらかいノックの音がして、ドアが開き、ルイーズ・セモンが立っていた。エセルは固く目を閉じた。こうなるとは思いもしなかった。

「何の用？」天井に向けてしゃべって、首を回すことはなかった。

美しい少女が、ベッドの横に立って、エセルの顔をじっと見下ろした。エセルは黒い瞳に見られていることを肌に感じ、それが泣きはらした目なのだろうとも思った。

「どうしてこんなことをしたのか知りたくて来たのよ。そんなに私が嫌い？」

「憎たらしい」

「なぜ？」ルイーズは真剣に知りたがっていた。

「知らない――。出てって。放っといて！」

ルイーズがドアを開ける音がわかった。「エセルって、へんな子だわ。私にはわからない――」ドアが閉まったようだ。

それから数分後。敷地内に自動車の音がした。窓辺に行って外を見た。黒いリムジンが石造りの門を抜けて出ようとしていた。窓から振り向くと、目の前にミルドレッド・バーネットの顔があった。

その顔がずばりと言った。「そうね、エセル、あなたは勝った。同時に負けた。とんでもない火遊びだって言ったじゃないの。たしかに、ある意味では、みごとな遊びをしてのけたわ。誉めてあげましょうか？」

これはジェイミーに

This Is for Jamie

　日曜日は別として、たいていの朝は、ミス・ジュリーに付き添われて、しばらく公園で遊んだ。そうやって毎日出かけるのが、テディには楽しみなことだった。自転車か、おもちゃか、そんなようなものを持っていって、一人で勝手に遊んでいると、ミス・ジュリーは手が空いたのをいいことに、ほかの子守女とおしゃべりしたり、見回りの巡査とふざけ合ったりしていた。テディは朝の公園が好きだった。あたたかい日が射《さ》して、噴水が水晶のような光の水しぶきを撒《ま》いていた。

「きらきら光って、金みたいだね」彼は、白い服を着て、きっちり化粧をしたミス・ジュリーに、そんなことを言うのだった。

「ほんとに金ならいいんですけど」ミス・ジュリーは愚痴めかした答えを返す。

　テディがジェイミーの母に会った日は、前の晩に雨が降っていて、朝の公園は緑が生き生きとしていた。そろそろ九月が終わろうというのに、なんだか春の朝のようだった。テディは園内の舗装路をすっ飛んで駆けた。インディアンや、探偵や、泥棒男《だん》爵《しゃく》や、お伽話《とぎばなし》の王子さまになっていた。天使でもあった。森の中を走って盗賊団から逃げているのでもあった——。何はともあれ、彼は幸福で、たっぷり二時間は好きなことをしていられた。

　カウボーイになって縄で遊んでいたら、その女の人が見えた。通路を歩いてきて、空いていたベンチに坐《すわ》ったのだ。彼がまず気にしたのは、その人が連れている犬だった。犬は好きだ。飼いたくてたまらないのだが、パパはだめだと言う。子犬は外で用を足すように躾《しつ》けるのが面倒だそうだ。といって大きくなった犬を飼うのでは、ちょっと話が違う。その人の犬は、ちょうど手頃な感じだった。硬めの毛をした小型のテリアで、たいして大きくなっていない。

　おずおずと近づいていって、犬の頭を撫《な》でてみた。ようし、いい子だ——。なんていうことを、映画のセリフでも、ミス・ジュリーが読んでくれる冒険物語でも言っている。

　女の人が目を上げた。テディから見れば母親くらいの年なのだが、この人はきれいな髪の毛をしていた。金みたいで、波を打って、やわらかそうだった。

「すっごくいい犬だね。こういうのいたらいいと思ってる」

女がにこりと笑った。きれいな人なんだ、とテディは思った。「わたしの犬じゃないのよ」と女は言った。「うちの息子の犬」しゃべる声まで、きれいな人だった。

テディはたちまち明るい目になった。「男の子がいるの？　ぼくみたいな？」

「うーん、もう少し上かな。うちの子は九歳」

テディは夢中になって説明した。「ぼくだって八歳。もうすぐ八歳」もっと幼く見える。小柄なほうで、色も黒い。ちっとも美少年ではないのだが、憎めない顔立ちをして、人なつっこい。

「その子、何ていう名前なの？」

「ジェイミーよ。ジェイミー」この名前を言いながら、女の人はうれしそうだった。

テディはベンチに乗り上がって、その人の隣に坐った。犬はまだ遊んでもらっているつもりで、テディにじゃれつき、その脚に前足を引っかけようとしていた。

「お坐り、フリスキー」女の人が犬に言いつけた。

「そういう名前なの？」テディは言った。「いいなあ、いい名前だ。かわいい犬だね。こんなのがいたら、毎日、公園に連れてきて遊んで、夜になったら部屋の中に居させて、ミス・ジュリーじゃなくて犬と話をするんだけどな。犬だったら、ぼくが何て言っても、いけませんて言わないだろうし――ね、フリスキー？」

女の人は、深味があって、なんだか悲しげな笑い声を出した。「そうね、だからジェイミーもフリスキーが大好きなんだわ、きっと」

テディは脚に寄りついてくる犬をかわいがった。

「ジェイミーも公園で犬と走ったり、インディアンごっこしたりする？」

女の顔から笑いが消えた。目をそらして、貯水池のほうを見る。テディは、あれ、怒ったのかな、と思った。

「また会えるかな」彼は言った。「ジェイミーによろしく言って。もう行かなくちゃ。あしたまた来るよね？」

女がにっこり笑った。それでまた彼は、きれいな人だ、と思った。駆けて戻ろうとする通路の先で、ミス・ジュリーが鳩にパン屑《くず》をやっていた。彼は振り返り、「じゃあね、フリスキー」と言った。女の人の髪が波を打って、日射しにきらめいていた。

II

その夜、あの女の人と、ジェイミーという子のことが、気になってならなかった。

もしジェイミーが外へ出られないとしたら、よほどの病気なのだろう。そしてベッドに寝ているテディの目には、何度でも犬のフリスキーが浮かんでいた。あの人が、あしたも公園に来るといい、と彼は思った。

朝になって、ミス・ジュリーが彼を揺さぶり、手厳しく言った。「こら、寝坊はだめよ。さっさと起きないと、公園へ連れてってあげませんからね」

ぱっと飛び起きたテディが、窓辺に走った。すっきりと空気が澄んで、朝の匂《にお》いがさわやかだ。きょうの公園はすばらしいだろう！

「わーい、やったー」彼は大はしゃぎでバスルームへ駆けていった。

「どうなっちゃったんだろ、あの子」ミス・ジュリーは、すっ飛んでいくテディを見送って、わけがわからないと思っていた。

公園に着くと、ミス・ジュリーが二人の子守仲間と立ち話を始めたので、テディはするっと離れていった。公園内を曲がって伸びる通路には、ほとんど人がいなかった。ここを一人占めしたような気分だ。低い木の枝葉をくぐり抜けて、貯水池の近くに出たら、すぐ前方に、きのうの女の人と犬がいた。

犬がテディを見て吠《ほ》えて、彼女は目を上げた。

「おはよう、テディ」あたたかな挨拶《あいさつ》があった。

覚えていてくれたと思うとうれしかった。やさしい人だ！「やあ、フリスキー」彼がベンチに坐ったら、犬も飛び上がってきた。彼の手を舐《な》めて、横腹に鼻先をすりつける。

「うわ、くすぐったい」テディは悲鳴のような声を上げた。

「もう十分くらい待ってたのよ」女の人が言った。

「ぼくを待ってた？」たまげて気持ち悪いくらいうれしい。

「そうよ」彼女は笑った。「ジェイミーが待ってるから、のんびりしていられないの」

「そうか」テディは急いで言った。言っていてうれしい。「そうだね。そうなんだ。フリスキーが公園に来てたら、さびしいだろうからね。ぼくだって、もし自分の犬だったら、ぜったい目を離したくないと思う」

「ジェイミーは、それほど恵まれてないの。走ったり遊んだりできないから」

テディは犬をかわいがった。その冷たい鼻先を、自分のあたたかい頬にくっつけさせた。犬は鼻先が冷たいと健康だと聞いたことがある。

「ジェイミーは何の病気なの？」

「あのね」はぐらかすような答えが返った。「咳《せき》みたいなものかな。ひどいのよ」

「じゃあ、たいしたことないね」テディは明るく言った。「ぼくも咳が出たことはある。何度もあるけど、二日か三日寝てたら治った」

　女の人が少し笑った。しばらく二人とも黙った。テディは膝《ひざ》に載せた犬を撫でながら、飛び出して走りたいと思った。「立入禁止」と書いてある広い緑の芝生を、犬と駆けまわりたい。

　ほどなく女の人は立ち上がって、犬の鎖をたぐった。「じゃあ、そろそろ」

「もう行っちゃうの？」

「そうなのよ。ごめんね。すぐ帰るってジェイミーに言ったから。ちょっと煙草《たばこ》屋へ行って、コミック雑誌を買ってくるってことになってるの。あんまり遅くなったら、あの子、警察を呼んじゃったりするかも」

「あ、そうなの」彼は勢いづいた。「うちに何冊もあるよ。あした持ってくるから、ジェイミーにあげて！」

「あら、よかった。言っとくわね。あの子はそういうのが好きだから」女の人は通路を歩きだした。

「じゃ、またあした、ここでね――。持ってくるよ。たくさん持ってくる」去っていく人に彼は言った。

「そうね。あした」と返事があった。彼は通路に立って、消えていく後ろ姿を見送り、あんな母親とあんな犬がいたらどんなにいいだろうと思っていた。ああ、ジェイミーって子は、なんて運がいいんだろう。と思ったところで、ミス・ジュリーのとんがった声に呼ばれていた。

「テディ、ああ、よかった。もう、こっち来てよ。どこ行っちゃったかと思って、さがしたんだから。困ったもんだわ。ミス・ジュリーだって怒りますからね」

　彼は笑って振り向き、ミス・ジュリーのほうへ駆けだした。思いきり走っていたら、ふと若い木の枝になって風にしなっているような気がした。

　その夜、夕食も入浴もすませてから、彼は持っているかぎりのコミック雑誌をまとめようとした。クロゼット、シーダー材の木箱、また本棚に、でたらめに突っ込んである。彼の本棚には、明るい表紙の雑誌のほかは、まじめな本ばかりがならんでいた。『こども百科事典』『子どもの詩の園』『子供のうちに読みたい本』

　あまり古くない雑誌を三十冊ほど集めたら、父と母がおやすみと言いに来た。母は長い花柄のイブニングガウンを着て、髪に花と香水をつけていた。クチナシがいい匂いだった。つんと甘く匂っている。父はタキシード姿で、シルクハットを抱えていた。

「そんなに雑誌を出して、どうするの？」母が言った。

「友だちにあげる」それ以上は聞かないでほしいとテディは思った。母に知られたら、せっかく秘密のプレゼントがおもしろくなくなる。

「ほら、行くぞ、エレン」父はじれったそうだ。「八時半に幕が開く。またしてもショーの途中から見るなんてのはいやだからな」

「おやすみなさいね」

「じゃあな、おやすみ」

出ていく両親に、彼はキスを投げた。ドアが閉まると、すぐさま雑誌に戻った。買ってもらった新しい服の包装紙を利用して、たどたどしい手つきで雑誌を包んだ。だいぶ大きな荷物になった。ざらついた太い紐《ひも》で荷物を縛ると、ちょっと離れてながめた。何かへんだと思った。楽しくない。プレゼントらしくない。

机の中をかき回して、クレヨンの箱を出した。赤と緑を一文字ずつ入れ替えて、ていねいに「これは」と書いた。それから青と赤に変えて、「ジェイミーに――テディより」と続けた。

これでよし、と思って、荷物をしまった。あとはミス・ジュリーが来て、消灯し、窓を開けるだけだ。

翌朝、公園へ行く前に、引っ張って歩けるワゴンを出して、荷物を積んで、これを隠すようにおもちゃを載せた。

公園に着いて、きょうのミス・ジュリーなら、その目をごまかすのは簡単だとわかっていた。とっておきの服を着て、ひどく浮き浮きして、いつもより口紅が濃い。きっとオフラハティ巡査が来るのだろうとテディにはわかっていた。そのうちミス・ジュリーと結婚する人だ。少なくともミス・ジュリーはその気でいる。

「じゃあ、テディ、走っていいわよ。お好きなように。でも、あとで遊び場に来てよね、いい？」

というわけで、彼はとっとと走って、貯水池をめざした。ワゴンを引いているから近道はできない。ごとごと揺れてワゴンがついてくる。

フリスキーと、あの女の人がいた。ベンチに坐っている。

「あら、時間どおりだわね」彼女がテディを見て笑った。

彼はワゴンを引き寄せ、おもちゃを取りのけて、荷造りした雑誌の束を披露した。

「まあ」女の人が声を上げた。「こんなにたくさん。ジェイミーが読み切れないくらいね。きっと喜ぶわ。いらっしゃい、テディ、お礼にキスさせてよ」

彼は頬にキスをされながら、ほんのり顔を赤らめた。

「やさしい子なのね」やわらかい声でそう言った人が立ち上がり、コートの着具合を直した。「きのうの夜、ジェイミーを病院へ連れてったの」

「コミックを読んじゃいけなくなった？」テディは不安になった。

「そんなことないのよ」女の人が笑った。「大丈夫。これで退屈しなくてすむわね。こんなに持っていけるかしら。それだけが心配だわ」と、荷物を持ち上げて、重そうに息をついた。フリスキーが鎖を引っ張るように飛び跳ねたので、女の人は荷物を落としそうになった。

「だめだよ、フリスキー」テディは言った。

「ほんとに、ありがとう、テディ。でも、きょうは急がないと」女の人が手を振って、道を歩きだした。フリスキーはテディのほうへ戻りたそうだった。

「あしたも来てくれる？」テディは言った。

「どうかな――もし来られたらね」そう言って、女の人は曲がった道に消えていった。

　追いかけていきたい、とジェイミーは思った。病院までついていって、ジェイミーのお見舞いをして、フリスキーと遊んで、また頬にキスしてもらって、やさしい子だと言われたい。しかし、彼は遊び場に行って、ミス・ジュリーと落ち合い、家に帰った。

　翌日も彼は公園に来て、まっすぐベンチへ向かったのだが、誰も坐っていなかった。一時間半は待ってから、きょうは来ないのかと思って胸苦しくなった。もう来ない。

二度と会えない。フリスキーにも会えない。泣きたくなったが、ぐっと堪《こら》えた。

　その次の日は日曜日で、公園へ行くことはなかった。日曜日の朝は教会に行く。あとは祖母が遊びに来て、午後からずっと孫にかまけて時間をつぶしていた。

「あのさ、エレン、あの子ったら、どこか悪いんじゃないのかい。さっきから変だよ。ソーダでも飲みなよってお小遣いあげたのに、飲みたくないって。犬が欲しいんだって。毛が硬めで、フリスキーって名前をつけられる犬だっていうんだから、わけのわかんない話よねえ」

　夜になって、父が真相を聞き出そうとした。

「どうした、具合でも悪いのか？　まずいことがあるなら言ってごらん」

テディは小さな口をすぼめた。「えっと、犬なんだ、フリスキーっていう小犬――病気の子のおかあさんがいて――その子、ジェイミー」

　母がドアまで来た。「ビル、もしアボットさんの家に行くなら、もう急がないと。カクテルパーティは七時だから」

　父も立って、時計を見た。「いずれまた、この話をしよう。じゃあな」と言うと、父は出ていって、まもなくアパートのドアが、ばん、と閉まった。

　彼がベッドに倒れ込んで泣いていたら、ミス・ジュリーが来た。ひどく浮き立って、顔が火照《ほて》っている。テディを抱きかかえて、頭を撫でまわした。ミス・ジュリーがこんなことをするなんて初めてだ。一瞬、この人を好きになりそうだった。

「ねえ、ねえ、テディ。わかるかな、わかんないわよねえ、何だと思う？」

彼は目を上げて、泣きやんだ。「そういうのやだな。当てっこする気分じゃない。うちの親は、ぼくなんかどうでもいいんだ。ぼくのことを思ってくれる人はいない。そんな人なんて知らないでしょ」

ミス・ジュリーは鼻で笑った。

「あら、いやだ、おバカさんねえ、テディくん――まあ、そういう年頃なんだけど」

ミス・ジュリーは、何かというと、年頃を持ち出す。

「まだ答えを言ってなかったわね。じゃ、あたしから言っちゃう。オフラハティさんに結婚してくれって言われたの！」顔が花輪になったような満面の笑みだ。

「結婚するの？」

彼女は手を出して、アメジストのついた銀の指輪を見せた。これは婚約指輪なんだろうとテディは思った。

もう彼女は立って、自分の部屋へ駆けていった。それきり彼を寝かしつけに来ることはなく、窓を開けにも来なかった。

翌朝、彼はすごく早起きをした。ほかには誰も、ミス・ジュリーでさえも、起きていなかった。両親の部屋、メイドの部屋、ともに物音一つしない。そうっと静かに着替えをすると、彼はアパートを抜け出して、長い廊下の先の階段を下りることにした。うっかりエレベーターに乗ったら、チーンと音を立ててしまう。

公園は、ひんやり肌寒いが、きれいだった。誰も来ていない。ベンチで男が一人寝ていただけだ。ぎゅっと縮こまって、寒そうで、腹ぺこみたいで、きたならしかったので、もうテディはそっちを見ずに、さあっと走り抜けた。

貯水池へ行って、いつものベンチに坐った。フリスキーが来るまで、ジェイミーの母が来るまで、一日がかりでも待ってやろうと思っていた。

水面がきれいだった。これが大海原で、いま船に乗って渡ろうとしていると夢想した。映画みたいに、背景音楽の楽団がいるような気もする。

だいぶ長いこと坐っていたら、馬に乗った人が来た。もう乗馬の人が来る時間になってしまった。この一人目のあとから、続々と出てきた。通過していく馬を数えた。公園で馬に乗るような名士は何度も見たことがあるが、ミス・ジュリーがいないと誰が誰だかわからなくて、普通の人との違いもわからなかった。

それから乳母車を押した子守の女たちが来た。そろそろ十時だ。太陽は空に高く昇って輝いていた。あたたかい日射しに眠気を誘われ、とろとろ寝入りそうになった。

突然、きゃんきゃんと吠える声が聞こえた。硬めの毛をした小さなテリアが、ベンチに飛び上がった。

「フリスキー、フリスキー——」彼は叫んだ。「来てくれたんだ！」

犬の鎖を目でたどった先には、ひょろっと背の高い男がいた。テディは怪《け》訝《げん》な顔を上げた。

「きみの名前は？」知らない男が言った。

「テディ」おっかなびっくり小さな返事をした。

男は封筒を差し出した。「じゃあ、きみに渡せばいいらしい」

テディはどきどきしながら開封した。さらさらと達筆で書いてあって、読むのに苦労した。

テディへ

フリスキーを飼ってやってください。ジェイミーも喜ぶはずだと思います。

書いた人の名前はなかった。テディは長いこと手紙を見つめていて、そのうちに手紙が見えなくなった。彼は犬を引き寄せ、思いきり抱きしめた。パパとママにどうにか言えると思った。

いまの男の人はどうしたろうと思いついて、目を上げた。きょろきょろ見回したが、その人はいなくなっていて、彼の目に映るのは、公園の通路と、木々と草地、昼前の太陽にきらめく貯水池だけだった。

ルーシー

Lucy

私の母は南部の料理を好んだ。それでルーシーが来ることにもなった。私が南部へ遊びに行っていた夏に、母から伯母の家に手紙が来て、料理上手でニューヨークへ出る気のある黒人の女を見つけてくれないかと書かれていたのである。

それで土地の心当たりをさがした結果が、ルーシーなのだった。とろりとしたオリーブ色の肌の器量よしで、案外、垢抜《あかぬ》けていた。上背があって、そこそこ肉付きもよい。黒人学校の先生をしていたこともある。だから頭の働きもあるのだが、それは天性のものであって、書物から得たのではない。すべて命あるものを思いやる大地の子なのだった。信心深いのは南部の黒人らしいところだ。キッチンに坐《すわ》って、いつもの聖書を読んでいた姿が、いまも私の目に浮かぶ。自分は「神の子」なのだということを、私を相手に熱心に語りたがった。

そんなわけで、わが家にルーシーが来た。ニューヨークに着いてペンシルベニア駅に降り立った九月の朝、ルーシーは晴れがましそうに目を輝かせていた。それまでずっと北部へ出たいと思っていたそうだ。当人の言い方では「人間らしく生きたい」とのことだった。勝手な理屈で冷酷になれる差別主義を、もう二度と見たくない。この朝のルーシーはそんな心地になっていた。

　当時、私たちが住んでいたのは、リバーサイド・ドライブに面したアパートだ。表側の窓であれば、どこからでもハドソン川を展望できた。ニュージャージー側の対岸には、切り立った崖《がけ》が大空を背景に延々と続いて、みごとな景観になっていた。朝方に見ると、絶壁は夜明けを迎える先駆けとなって整列し、また日没の光に深紅の濃淡が入り乱れて川面を染める夕方には、古代の軍兵が美々しく勢揃《せいぞろ》いしたような輝きを見せた。

　そんな日没の刻限に、ルーシーは窓辺に坐って、世界最大の都市の日が暮れる光景を、愛《いと》おしむように眺めていることがあった。

「うん、うん」よくルーシーは言っていた。「こんな眺めを、ママと弟にも、見せてやりたいねえ」そして、来た当初のルーシーは、都会の光と騒音をおもしろがった。ほとんど毎週のように、土曜日になると、私を連れ出してブロードウェーに出かけ、劇場を見てまわった。彼女はボードビルが大好きだったし、リグレーのガムを宣伝しているネオン看板などは、それだけでショーのように楽しんでいた。

　ルーシーと私はすっかり仲良しになった。私は学校から帰った午後に宿題を見てもらうことがあって、そんなときのルーシーはすごく計算が速かった。詩もたくさん読んだが、詩の知識があるというのではなくて、とにかく言葉の音が好きだったようだ。どうかすると言葉の奥の心情を楽しむこともあった。じつは彼女がホームシックになっていることに気づいたのも、詩を読むという機会があったからだ。南部をテーマにした詩を読むと、さすがに情緒たっぷりの美しい朗読をしてのけた。やわらかな声が詩の心をやさしくつかまえていた。もし私がすばやく目を上げれば、あの極上の黒い色の目に、きらりと涙の痕跡《こんせき》が見えていた。そんなことを私が言うと、彼女は笑って肩を揺らした。

「でも、きれいだったでしょ？」

　仕事中のルーシーは、手を動かしながら、そっと小さく、ブルース調の歌を口ずさんでいるのが常だった。私は彼女の歌を聞いているのが楽しかった。エセル・ウォーターズの舞台を見に行ったこともあって、それから何日か、さんざんエセルの真似《まね》をしていたルーシーは、ついに素人《しろうと》の喉《のど》自慢に応募すると言い出した。そのコンテストは忘れられないものになった。ルーシーは二等賞になって、私は拍手をしすぎて手のひらが痛くなった。彼女が歌ったのは「イッツ・デ・ラブリー」という曲で、デリシャス、デライトフルと音を重ねる。うちで何度も練習した歌詞を、いまでも私は覚えている。彼女は歌詞を忘れてしまいそうだと恐れおののいて、いざ舞台に上がったら声が震えていたのだが、そのおかげでエセル・ウォーターズめいた効果が出たのかもしれない。

だが、それ以上にルーシーが音楽と関わることはなくなった。ペドロという男との出会いがあって、ほかのことにかまける余裕をなくしたのだ。アパートの地下に来る作業員だったペドロと、しばらくは糖蜜《とうみつ》のようにべたべたくっついていた。ルーシーがニューヨークに出てきてから五カ月ほどのことで、まだまだ都会には不慣れだと言ってよいのだった。ペドロなんて上《うわ》っ面《つら》だけの洒落《しゃれ》男だったし、私はショーに行かれなくなってむくれていた。母は笑って、「これじゃルーシーもおしまいだわ。北部っぽくなっちゃうのね」と、たいして気に留める様子でもなかったが、私は困ったことだと思っていた。

そのうちにルーシーの熱が冷めて、かえって前よりもさびしそうになった。ルーシーに来た手紙が開いて置きっ放しになっていると、私も読んでみることがあった。だいたいこんな感じだった――

ルーシーへ

とうさん身体《からだ》こわして、寝込んでる。よろしく言ってるよ。あんた、そっち出てったから、あたしらのこと忘れてっかもしんねえ。ジョージは、ペンサコーラへ行って、びん工場ではたらいてる。じゃあ、みんな心配してっからな、元気でな。

母より

夜遅くなって、彼女の部屋から、小さな泣き声が聞こえることもあった。きっと帰る気なのだろう、と私は思った。ニューヨークはとんでもなくさびしい。ハドソン川が「アラバマ川」になって耳にささやく。そう、アラバマ川。赤い泥水が堤防にせり上がって、細長い湿地のような支流が集まってくる。

燦然《さんぜん》と輝く都会の灯火――暗闇《くらやみ》にぽつぽつ見えるランタンの光、さびしいヨタカの啼《な》き声、長く引く夜汽車の叫び――固いセメント、ひんやりした光沢のスチール、煙、猥雑《わいざつ》なショー、じめじめしたトンネルにくぐもって響く地下鉄の音。がたん、ごとん――ざわめく緑の草――そう、日射《ひざ》し、暑い、すごく暑いが、憩《いこ》いもあって、裸足《はだし》になって、ひんやりして、川底の砂地に丸い小石、なめらか、石鹸《せっけん》みたい――。都会は、大地の子がいるところではなく、もうお帰りと母が呼んで、ああ、あたしは神の子だ。

そう、彼女が帰る気なのはわかっていた。だから、そう言われても驚かなかった。私は口を開け、また閉じて、目に涙がたまるのと、胃のあたりが空っぽになるのを感じた。

彼女が去ったのは五月。あたたかい夜で、都会の空は夜でも赤くなっていた。私はキャンディの箱を差し出した。その中身はすべてチョコをまぶしたチェリー（彼女の大好物だ）。雑誌も何冊か束にして譲った。

バスの発着所までは父母が車で送ることになった。いよいよ出発というので、私は駆け寄った窓から顔を出して見ていた。三人がアパートを出て、車に乗り込み、するすると視野の外へ抜けていった。

もう私には彼女の声が聞こえるようだった。「そーなのよ、ママ、ニューヨークってすごいとこでね、わんさと人がいて、映画スターだって、ほんとにいたんだから、ねえ、ママ！」

西行車線

Traffic West

Ⅳ

椅子《いす》が四脚と、テーブル——。テーブルの上に書類があり、それぞれの椅子に男が坐《すわ》る。窓の下には街路——。その街路を行く人がいて、窓には雨が降りかかる。まるで絵に描いたような非現実、と思われるかもしれないが、しかし現実なのだから、下の道には何も知らない通行人がいて、窓には雨がしとしと降っていた。

坐った四人、テーブル上の公式文書、ともに微動だにせず、静止画のようになっていた。すると——

「皆さん、われわれ四社の意向を持ち寄って、すり合わせた上で、ここまで調整できましたので、あとはそれぞれのご都合次第、しかるべく進めましょう。では、合意文書に署名して、めでたく散会ということで、いかがですかな」

ある男が書類を手にして立った。もう一人、立ち上がった男が、受けた書類に目を通して発言した。

「これなら文句なし。よく出来ています。各社に利得が担保されていますね。当方としても、おおいに収益を見込めますよ。署名いたしましょう」

三番目の男も立った。眼鏡を直して、書面を黙読する。唇だけが動いていたが、それから発せられた言葉には、どの一語にも重みがあった。

「たしかに文言に隙《すき》がない、というのが私どもの弁護士の見解でもあります。顧問の意見を求めるたびに賛同されました。つまり、きわめて強力でありながら、法律の許す限度いっぱいに収まっている。したがって私も署名を」と言うと、あらためて字句を読んでから、この文書を四番目の男に回した。

第四の男も、やはり経営の幹部であるので、ここに名前を連ねて、首尾よく引き上げたいところだった。だが彼の顔は曇った。坐ったまま、文書を細かく読み直すと、これを下に置いた。

「よいと思いますが、署名はいたしかねます。どなたもできませんでしょう」ほかの三人の驚いた顔を、彼は見ていた。「つまり強力であるから、けしからんのです。なるほど、いまお話にあったとおりで、法には抵触せず、うまく事を運べるかもしれません。大変な事業を企てて、有無を言わさぬ根拠があって、そのおかげで確固たる進展がある――。しかし、そんなことは、たとえ合法であっても、とるべき道ではありません。もし仮に非合法であるなら、われわれは法と対立することになってリスクを負います。法律は多数の労働者の味方をするでしょう。つまり抑圧ではなく支援をします。弱い立場の人々の利益を、害するのではなく、守ろうとします。

ですが、もし法律が、この国の政府が、われわれの味方となって、会社の利益のために大多数を動かす合意を是認するならば――しかも、社内の不当な労働まで認めるとしたら、われわれ自身がどこかで線を引かねばなりません。大事な社員に無理をさせる方策は、採用してはならないのです。

われわれは力を握っている。経営に参画する者としては当然です。しかし神によって判断するなら――これは裕福な人間には困難きわまりないことですが、そのようにするならば、強者として、一般人への義務があると見えてきます。どうか皆さん、利己心からの決定は控えましょう」

ふたたび室内が静まった。一人の実業家が一つの規範を打破して、もう一つの規範を見せていた。

その理屈は、ほかの三人にもわかった。わかったので、従来の事業目的を、友愛の目標に切り替えた。

「では、ここからバスに乗って帰りましょう。この文書は廃棄処分にすればよろしい」

Ⅲ

さあっと朝日が射《さ》して、待ち受ける屋根から屋根へと光が流れ、丘の上の家へ行って、きっちり閉じたブラインドに突き当たった。

えらく大きな中世風のベッドの上掛けに動きがあって、その枕《まくら》の上で眠たそうな頭が角度を変えた。ドアにノックの音がしたのである。

二人の青年が一列になって入った。さっぱりと髭《ひげ》を剃《そ》って身だしなみがよい。

「おはようございます、叔父さん。オレンジジュースをお持ちしました」と一人が挨《あい》拶《さつ》をして、もう一人が窓に寄ってブラインドを上げた。この二人は兄弟である。かくして太陽が迎えられ、どっと流れ込んできた。

「遅いぞ、グレゴリー」と、ベッドの男が叱《しか》るように言った。ジュースに口をつけてから、身体を起こす。「おい、何だこれは！　ミニーに言っておけ。今度また種が残ってたら、もう首にしてやる」彼はラグの上に種を吐き出した。

「おい、ヘンリー、拾って屑籠《くずかご》に捨てろ」と頭ごなしに言う。

「叔父さん」屑籠へ行って戻ったグレゴリーが、にこっと笑った。「脚の具合はいかがです？　よいお知らせがあるんですが――」

「おい、こら」年かさの男がざらついた声で言った。「ヘンリーに言いつけたんだから、ヘンリーがするのがあたりまえだ。いくら双子だって、おれには区別がつく。いいか、グレゴリー、いま捨てた種を拾って、ヘンリーに捨てさせろ。

　おれは昔から、きっちり決まったとおりに片付けないと気が済まない。集めた本も、自分の部屋も、この家も、何から何まで、こうと決めたら、それを変えない。町へ出て働く、教会へ行って祈る、というのも同じだ。あるべき姿があって、そのように思考し、行動した。町長として押しも押されもしなかったのは、おれ個人の力というより、おれが正しい習慣を守り抜いたからで――」

「ええ、再選は確実ですね、叔父さん」と、一人が言った。「ですが、とりあえず、よいお知らせがあって――」

「ああ、もちろん再選は果たす！」病人は相手に最後まで言わせない。「だが、その話をしてるんじゃない」せっかちな手つきで、もう一つ枕を持ってこいと指示を出した。「何より心配なのは、おまえたち二人だ。くれぐれもよろしくと、おまえたちの死んだ親父《おやじ》に言われた。ところが、この体たらく。うっかり脚を折ったら、あとで切断もやむなしというじゃないか。それで回復するまで手伝わせるつもりで、おまえたちを呼んだんだが、どうにも頼りない。脚を一本なくすのも困るが、ほかの者が盆暗《ぼんくら》なせいで選挙に負けたら、たまったものではない。それはそうと、そのへんの床に置いたクロスワードパズルに、手を出したりは……してないか。ああ、よし。何かしら気晴らしがないとな」

「あの、よいお知らせが――」

　しかし、もう彼はまたベッドにもぐり込んでいた。だんだん腹の虫も収まってきて、寝ているベッドの上へ太陽が降りかかる、と思った。「とにかく話を聞いてくれ」悲しげな声になった。

「振り返れば、いい人生だった」彼は二人の甥《おい》に顔を向けた。「だが、楽しいことはなかった。これっぽっちもない。妻帯する暇もなし。女なんてものは近づけなかった。煙草《たばこ》も、酒もやらない。悪態もつかない――こともないが、そんなのは楽しみではない。ゴルフもおもしろくなかった。九十も切れんしな。音楽もつまらん、詩も――」とまで言ったら、クロスワードパズルを思い出して黙った。しばらく黙った……。いま心がたどる道筋は、いつもとは違った。いままでにない道だった。

その顔に向けて、太陽が「やあ、おはよう」と言っていた。

「何てこった！　こんな見方をしたことはない。政治ってのは大きなクロスワードパズルみたいなもんだ。楽しいぞ。それに——」と、まっすぐに起き上がった。「人生もまた楽しい！　ああああぁ！」こんな顔で笑ったのは初めてだ。「なあ、ヘンリー、きのうの晩は、もし二本の脚がそろってたら、一廉《ひとかど》の人物にもなってみせように、なんて思ってたんだ。いまは違うぞ。この脚がどうなってようが、おれは——ま、その」と言いながら、きょろきょろ見回し、「そう、太陽みたいになっていられる！」

彼は喜びに震える指先を、燃える火球に向けた。

「叔父さん！」双子が笑った。そしてヘンリーが言った。「脚なら二本とも大丈夫です。よいお知らせと言ってるでしょう。医者が断言してましたよ。切らなくて済みます。歩けるなら歩いてよろしいとのことでした。あすの午後にでも、三人でバスに乗って町へ出ましょう！」

Ⅱ

十インチのレコード盤が、ターンテーブルに乗って回っていた。小型のスピーカーから流れるのは、心を揺する美しきトランペットのソロだった。その若い女は坐っていた長椅子を立って、スイッチに手を伸ばした。トランペットの高音がずぶずぶ沈むように息絶えた。

いまの音楽に打ち震えて、女は幼い日々を夢に見るような気がした。

試聴室になっている小部屋の外では、びっしりと何段も棚を埋めたレコードアルバムが、二人の男を囲んでいた。一人がベートーベンの弦楽四重奏を抜き出し、もう一人の男に渡した。

「あちらのお嬢さんが終わったら、これを掛けてみればいかがです」

「試聴にはおよびません」この男が笑った。「ブダペスト弦楽四重奏団なら、聞かなくても大丈夫でしょう」

女が試聴室から出て、カウンターに五十五セントを置いた。

「これ買います」女はレコードをかざして見せた。というわけで、男と女がどちらもレコードを小脇《こわき》に抱えて、ミュージックショップを出ることになった。

「あたたかい日ですね」女は言った。

「はあ」と、男は応じた。「どんな日でもいいんです。それを言うなら、どんな夜でもよくなってます」

「あら、そちらも、そうなんですか」女はすぐに応じた。「やっぱり、線路に乗った機関車みたいに、自分ではどこへ行くのかわからない？」そう言って赤くなった。まったく知らない相手に、こんなことを言っている。「でも、まじめな話として、生きることに意味ってあるんでしょうか」

「僕に夜はない。昼もない」男の答えは正直なものだった。「僕には一つしかない」と、レコードを手に持ってかざした。「僕は音楽に人生を賭《か》けてる」彼は女に向き直った。きれいな娘だと思った。顔立ちもそうだが、全体に魅力がある。さらりと親しげに、彼は女の手を取った。「公園を抜けて行きません？」

「ええ、まあ」と女が応じて、二人は園内の道をたどった。一分ほど歩くと、二本の木にはさまれて木製のベンチがあった。

「いつもここで休憩するんですよ」彼は握っていた手の力を緩めた。「また会えますよね」

　女の頬に赤みが差した。女はわずかに震えて、男の上着に手を添えながら、小さな声で「一緒に坐らせてもらっていいですか。あの、そうさせてください！」とだけ言うと、そのまま立ち止まった。

　彼は唇を噛《か》んで、そうっと女のレコードを預かり、自分の一枚と合わせてベンチに置いてから、女を引き下ろすように坐らせた。まもなく、さらに引き寄せて、そうっと腕を女の背に回していた。

「うっかり望んではいけないと思った」彼はつぶやくように言った。「あなたを見た瞬間に、なぜ音楽が大事なのかわかってしまった。いわば音楽は代用品だったんだ。代用品としては輝かしいが、本当はもっと素晴らしいものがあって——どんなものかというと——それはつまり」彼は女を見つめた。「あなたみたいな人だ」

この二人が、双方からどきどきしながらベンチに坐っていた。

「いま地球は、巨大なレコードのように、僕らのまわりを回ってる」彼は話を続けた。「このレコードが鳴らすのは——ほら、聴いてごらん——これが人生の歌だ！　ほら、どこにでも音楽がある。木も、草も、空も、僕らのリズムにスイングしてる」彼は腕を伸ばし、「ああ、愛《いと》しい！」と、おおいかぶさるようにキスをした。

「あすの午後、バスに乗って町へ出よう。結婚の許可証をとる。そのほか、いろいろ」

「そうね」女は彼の襟首に手をかけて、歌うように言った。

I

母さんへ

いま僕は本当に素直な心になって、この手紙を書いています。僕自身の弱いところ、ほかの人の弱いところにとらわれず、その先が見えると思います。ついに今朝の太陽が上がろうとしています。

生まれてから最初の十年は、まったく自分のことばかりに明け暮れました。母さんにもらえるものだけしか考えませんでした。食べて、寝て、楽しく過ごさせてもらえばよかったのです。猿も同然に自分のことだけを気にして、まわりにいる人を考えず、なぜ人がいるかとも考えませんでした。

ところが次の数年間で、僕には「存在」を感じる心が染《し》みつきました。どういう存在なのかとは考えませんでしたが、とにかく僕が正しいことをすると、その「存在」はにっこりと笑ったのです。もし僕が勝手なことを考えて、それで他人の迷惑になると、「存在」は顔をしかめるのでした。

そのうちに僕は「存在」を愛するようになり、これを神と呼んだのです。ここに生きることの真実があると知らされました。これを追って進もうと思い、こっちへ近づけようとも思いました。でも、それは「おまえには、まだ早い」と言って、間近に寄ってくれることはありませんでした。

それがないと思うと、もう気落ちした僕は、だったら去れと言ってしまって、また以前のような、ほとんど最初の段階にまで戻りました。タバコを吸って、悪態をついて、遊び暮らして、投げやりな気分でした。

すると「存在」は僕にささやいて勇気づけようとしたのです。僕は耳を澄ませました。そうまで光を掲げられたら、むざむざ逃すことはできません。生きているうちに、この光に届くことができるのか、それだけが気がかりでした。

必死に模索しながら、自分の弱さがわかりました。そこへ神がささやいて、僕に強さもあることを教えました。だったら、もし神が関わらない場合にはどうでしょう。そうであれば、長所も短所もひっくるめて人間の信念だけで考えることになります。

おかげで素晴らしい結果が出ました。やってみれば難しいとわかるのですから、結局は自分の限界を思い知ることになったのです。

そんな信念だけではだめだとわかった以上は、「神の存在」も考えることにしました。そうすると、なるほど確かに、あらゆる苦痛も不便も、じつは価値があるものだと思えました。

ただ、その段階になっても、なかなか光は来ませんでした。こうなると僕は自分の内部に神の存在を模索しました。でも、なかったのです。神に話しかけてもらいたいと思いました。そのように乞《こ》い願いました。神が言いそうなことに従おうとしました。神の意志であるものを、実践しようとしたのです。

そして、本日、太陽からの贈りものがありました。母さん、ついに「それ」が来たのです。よりによって、きょうという日に——。完璧《かんぺき》な巡り合わせです。というのは、いま僕の手に通知書があるのです。僕はアメリカ合衆国の軍隊に入営することになりました。あしたバスに乗ります。

あなたを愛する息子——————より

0

ＡＰ通信――「本日夜、今季最悪の交通事故にて十名が死亡。午後発のバスがトラックと正面衝突して横転した。犠牲者には、企業の重役が四名、小規模な町の町長、また若い女性も含まれる。死亡者の全員を三十二面に掲載」

「人はみな、それぞれの道で天国に達するものなれば」

似た者同士

Kindred Spirits

「それはもう、びっくりした。あっと思ったわよ。橋の欄干を越えて川に落ちるまで、ものすごく距離があって、水面が跳ねた様子もわからなかった。あたりには人っ子一人いなくてね」と言ったのは、落ちた男マーティンの妻、リッテンハウス夫人である。いったん話を止めて、ふうっと息を洩《も》らし、茶をかきまわした。「わたし、そのときは青のドレスを着てたの。きれいな服よ、わたしの目と同じ色——。あの服、マーティンがすごく好きだった」

「でも水死って、楽なものなんでしょ」グリーン夫人が言った。

「あ、そうよね。きわめつきの安楽なものらしいわ。逝《い》き方として——。たぶん、あの人だって、もし自分で出口が選べたとしたら——水の道を行ったんじゃないかしら。ともかく、ひどい言い方に聞こえるかもしれないけど、あの人がいなくなって、わたし、喜ばなかったと言ったら嘘《うそ》になると思う」

「そうなの？」

「飲む人だったからね。それだけじゃないけど」リッテンハウス夫人は暗い内緒話をした。「ほかにも、まあ、情が濃いと言うのか、あちこちに気が多くて――ごまかして」

「嘘ついた？」

「それだけじゃないけど」

二人の女が話している部屋は、狭いながらに天井だけは高かった。落ち着ける場所だが、とくに見るべきものはない。緑色の褪《あ》せたカーテンが、冬の午後の日を閉ざしていた。石の暖炉にとろとろ燃える火が、炉辺でだらしなく丸まった猫の目に、黄色い水たまりのような光を映す。この猫が動くたびに、首回りにつけた鈴の輪が冷たく響いていた。

「マーティンていう名前に、いい男はいなかった」グリーン夫人が言った。

リッテンハウス夫人がうなずいた。この部屋の訪客として、やわな椅子《いす》に身を硬くして坐《すわ》り、さっきからレモンの薄切りでしきりに茶を攪拌《かくはん》している。きょうのドレスは深い紫色で、シャベルのような形の黒い帽子を、縮れた鬘《かつら》のようなグレーの髪に載せていた。ほっそりした顔立ちだが、厳しく監督して造型したかのように、くっきりした輪郭で構成されている。深刻きわまりない表情を浮かべて、それだけで間に合っているような顔だった。

　グリーン夫人は「ハリーなんていう男もだめ」と続けたが、もちろん夫の名前にほかならない。グリーン夫人は、その二百ポンドちょっとの体軀《たいく》を（ふんわりした肌色の部屋着に包んで）三人掛けカウチに押し広げ、悠然たる場所塞《ふさ》ぎをしていた。大きく無遠慮な顔である。眉《まゆ》はほとんど抜いてしまって、むき出しになった地肌をペンシルで塗りたくった結果、あられもない現場に踏み込まれて大慌《おおあわ》てしたような顔になっている。この夫人が、いま爪《つめ》にヤスリをかけていた。

　さて、二人の女には、いわく言いがたい結びつきがあった。友だち付き合いという域にとどまらない。その表現としては、かつてリッテンハウス夫人が発した「似た者同士だわね」という言い方が、最適な近似値だったろう。

「それってイタリアでのことだっけ」

「フランス」と、リッテンハウス夫人が訂正した。「正確にはマルセイユ。すばらしい町ね。まるで光と影だけで揺らめくような――。マーティンが落ちていって、その叫び声が聞こえると思ったわ。なんだか気味が悪くて。そう、マルセイユって、どきどきする町。あの人、まるっきり泳げなかったはず。哀れよね」

　グリーン夫人は、カウチにならぶクッションの隙間《すきま》に、爪用のヤスリを押し込んだ。

「あたしに言わせれば、ちっとも気の毒じゃないわね。あたしなんか、その場にいたら、欄干を越えるように押してやったかもしれない」

「ほんと？」と言ったリッテンハウス夫人の顔が、わずかに明るくなった。

「そりゃそうよ。話の様子で、いやな感じだと思ってた。ヴェニスでの一件のことも、あなたに聞いて知ってるもの。それはそうと、たしか商売はソーセージの製造か何か、そんなのだったわよね」

　リッテンハウス夫人は、つんと口をとがらせた。「ソーセージの王様だったのよ。自分ではそう言って威張ってた。だからって文句は言えないけどね。あの会社、ものすごい値段で売れたから——。わたしとしては、ソーセージなんて食べたがる人の気が知れない」

「それにしても」グリーン夫人が、栄養のよい手を振りかざし、高らかな声を上げた。「あなたは、もう自由な女じゃないの。好きなものを買って、好きなことをしていられる。そこへ行くと、あたしなんか——」と、手の指を組み合わせて、おごそかに首を振った。「もう一杯、お茶いかが？」

「いただくわ。お砂糖は一つね」

暖炉で薪が一本燃え崩れて、火の粉が音を立てた。炉棚に据えた金細工もどきの置時計が、静けさに戯《たわむ》れかかるような楽音を連射した。五時だ。

ほどなく、リッテンハウス夫人が、悲しげな回想の声で言った。「あの青いドレス、あとでホテルのメイドに上げちゃった。落ちる寸前の彼につかまれそうになって、襟に破れ目ができたから。そのあとパリへ行って、すてきなアパルトマンに春まで住んだわ。いい春だった。公園で遊ぶ子供たちも、身ぎれいで、おとなしかった。わたし、一日ずっと坐って、鳩にパン屑《くず》をやっていた。パリの人って神経症みたいね」

「お葬式、費用かかった？　あの、マーティンのお葬式」

リッテンハウス夫人はうふっと笑って、前に乗り出し、ささやくように言った。

「火葬にしたの。すごいでしょ、金額がどうこうじゃなく――。そう、あのね、灰になったものを靴の箱に入れて、エジプトへ送っちゃった。どうしてエジプトかというと、とにかく彼がエジプトを嫌ってたから、としか言えない。わたしは大好きだった。びっくりするような国だわ。でも彼は行きたがらなかった。だから金額はどうでもいいの。でも、一つだけ、ものすごく心の安まることがあって――あの小包ね、差出人の住所も書いたんだけど、行ったきり戻ってこなかったのよ。これはつまり、行くべきところへ行って、安息の地を見つけたってことなんじゃないかって気がする」

グリーン夫人は、ぱんと膝《ひざ》をたたいて、大笑いした。「ソーセージの王が、ファラオの仲間入り！」という軽口に、ふだん心の動きを見せないリッテンハウス夫人も、いつになく愉快そうだった。

「それにしてもエジプトとはね」グリーン夫人が、笑いすぎた涙を払いのけながら、吐息をついた。「あたし、しょっちゅう自分に言ってるの。このヒルダという女は旅をして生きるようにできているはずだ、インド、東洋、ハワイ……。なんていうことを、いつも自分に言ってるの」だが、ここで少々うんざりしたような語気になって、「あなたはハリーと出会ったりしなかったからいいわねえ。ああ、いやだ。つまらないのよ。つまらない常識だけのブルジョワ。どうしようもない」

「そういうタイプいるのよね」リッテンハウス夫人が辛辣《しんらつ》なことを言った。「それで国家の屋台骨をもって任じてる。いるだけ迷惑。どういう役にも立ちゃしない。だったら、こういうことよ——もし、そいつらに金がないなら、さっさと縁を切ればいい。もし金があるなら、こっちで使ってあげればいい」

「あら、いいこと言うわねえ」

「そうよ、そんな男で人生を無駄にしたら、もったいなくて悲しいわ。どんな男でもそうだけど」

「そのとおり」というのが、グリーン夫人の感想だった。坐った姿勢を変えて、部屋着の下で巨体がぶるぶる揺れ動く。たっぷり肉のついた頬に指を一本あてたのは、思考をめぐらす仕草である。「ハリーと離婚しようかと何度も考えたわよ。だけど費用がかかってたまらない。それに、これでも夫婦になって十九年で、その前にも婚約して五年だったから、いまさら離婚だなんて、ちょっと匂《にお》わせただけでも、あの人にはショックで――」

「死んじゃうかもしれない」リッテンハウス夫人が最後まで言って、すばやく視線をティーカップに落とした。その頬が紅潮して、唇をすぼめてまた戻すという動作が非常な高速で行なわれた。ややあって彼女は言った。「わたし、メキシコ旅行を考えてるの。アカプルコっていう海辺の名所があってね。芸術家が集まって、月夜の海を絵に描いて――」

「メキシコ、メヒコ。歌になりそうな名前ね。あかぷーるこ、めひーこ――」グリーン夫人は肘掛《ひじか》けに、ぱんと手のひらを打ちおろした。「ああ、あたしも一緒に行かれたらいいのに」

「来れば？」

「そんな、簡単に言うけど、いまだってハリーの言いぐさが聞こえるようだわ。どれだけ旅費がかかるんだ、なんて言うに決まってる」と、もう一度カウチの肘掛けをひっぱたいた。「もちろん、あたしだって、自由になるお金があれば――。でも、ないものはない」

リッテンハウス夫人は、思案するような目を天井に向けた。それから唇が動いたのかどうか判然としない口で、ものを言った。「でもハリーは、お金あるんでしょ」

「少しはね――。保険金……銀行口座に八千ドルくらい……それだけかな」とグリーン夫人は答えたが、もう冗談とも聞こえなかった。

「理想を言えば――」リッテンハウス夫人は痩《や》せて皺《しわ》だらけの手を、仲間の膝に押しあてた。「理想は、わたしたち二人よね。海が見える小さな石造りの山荘を借りましょ。パティオがある家にして、果物やジャスミンの木が植わってるの。夜になったら、日本風のランタンをずらりと吊《つ》って、芸術家を呼び集めたパーティなんてことも――」

「すてきじゃない！」

「――ギタリストを雇って、セレナーデを弾かせましょう。夕暮れ、星明かり、海辺の絶景で散歩、という華麗なる贅沢三昧《ぜいたくざんまい》が続きます」

かなり長いこと、二人の目が興味津々《しんしん》でさぐり合っていた。それから妖《あや》しげな了解が花を咲かせたように、どちらにも笑みが浮いた。グリーン夫人からは、くくっと声も出ている。「そんな馬鹿《ばか》な。できっこないわよねえ。つかまったらどうするの」

「パリのあと、ロンドンへ行ったわ」リッテンハウス夫人は、相手の膝に置いていた手を引っ込め、かくんと首を傾けた。失望の色は隠しようがない。「気が滅入るようなところよ。夏はやたらに暑くてね。お友だちの紹介で人に会ったら、それが首相とやらで――」

「毒なら？」

「――魅力たっぷりの人だった」

ちりりんと鈴が響いて、炉辺で背伸びをした猫が、影のごとく歩きだした。ぴんと張った尻尾《しっぽ》を、羽毛つきの猫じゃらし棒のように立てて、室内を悠々と移動した猫は、その胴体を飼い主の極太な脚にぐりぐり擦《なす》りつけた。彼女は猫を持ち上げ、胸に抱き寄せると、猫の鼻面《はなづら》にぶちゅっとキスをした。「ママの天使ね」

「黴菌《ばいきん》だらけ」リッテンハウス夫人が断じた。

猫は物憂《ものう》げに姿勢を変えると、愛想のない目でリッテンハウス夫人をにらんだ。

「証拠の残らない毒物っていうのも聞いたことはあるけど、どんなもんだか、小説みたいね」と、グリーン夫人が言った。

「毒はだめよ。危なすぎる、すぐ検出される」

「じゃあ、あくまで仮定の話だけど、もし誰かを……取り除くとしたら、どういう手がある？」

　リッテンハウス夫人は目を閉じて、ティーカップの縁を指先でなぞった。いくつかの言葉が唇に乗ってひくひく動いたが、発せられてはいなかった。

「ピストル？」

「まさか。それはない。飛び道具は、あとが何かと面倒。いずれにせよ、自殺なんてものは保険会社に承認されないし、かといって自殺に見えなければ困るし——。事故っていう線がベストね」

「でも、事故だったら、もう神頼みしかなくなるわねえ」

「そうとも限らない」

　グリーン夫人は、ほつれた髪をくいくい引きながら、「そんな、じらすような謎《なぞ》かけはやめてよ。正解は何なの？」

「いつでも正解になるってものはないと思う」リッテンハウス夫人は言った。「現場の状況もさりながら、そこに至るまでの設定が大事だわね。たとえば、いま外国にいるとしたら、それだけ簡単になると思うのよ。マルセイユの警察は、マーティンの事故にいいかげんな対応しかしなかった。おざなりな捜査で終わったわね」

ちょっとした驚きの表情が、グリーン夫人の顔を輝かせた。「なるほど」ゆっくりと口にする。「でも、ここはマルセイユではない」と言いながら、ほどなく自分から言い出して、「ハリーは魚みたいな泳ぎ上手なのよ。イェールの学生時代に賞杯をもらったくらいで」

「そうであっても」リッテンハウス夫人は話を終わらせなかった。「まったく不可能ではない。『トリビューン』の記事に出てたけども、毎年、死亡事故が多いのは浴槽での転倒であって、ほかの事故で死ぬ人を合わせたよりも多いとか――」ここで言葉を止めて、グリーン夫人をぴたりと見据えた。「なかなか考えさせるでしょ？」

「いったい、この話、どこへ行くのか――」

リッテンハウス夫人の口元に、ちらりと硬質な笑みがじゃれついた。そうっと両手を合わせて指先をそろえたので、ぱさついた皮膚に青い血管の浮く尖塔《せんとう》の形ができた。

「じゃあ、また仮定の話で――その晩、というのは悲劇が予定された晩だけど、たとえば浴室の蛇口か何か、そんなものが調子悪くなるのよ――。で、どうする？」

「どうする？」グリーン夫人が怪訝《けげん》な顔で聞き返した。

「こうする。まず彼を呼んで、ちょっと浴槽に入って見てくれないかしら、と言っておいて蛇口を指さす。彼が屈《かが》んで見ようとしたところで、後頭部を——そう、このへん、首根っ子あたりを、しっかりした重たいもので、がつん——。一丁上がり」

グリーン夫人の怪訝な顔は、まだ元に戻らなかった。「でも、それって、どこが事故なの」

「あら、いやだ、そんな堅いこと言って」

「だけど、やっぱり——」

「いいから、あのね」リッテンハウス夫人は言った。「その次の手順としては、衣服を脱がせて、浴槽にたっぷり湯を張って、石鹸《せっけん》を一つ落として——よく沈めるの——死体を」彼女にまた浮かんだ笑みは、三日月のように広がった。「そうなれば結論としては、当然——」

グリーン夫人はすっかり釣り込まれて、目が大きく広がっていた。「どうなる？」と息を吐くように言う。

「石鹸で足を滑らせて、頭を打って——溺《おぼ》れた」

時計が六時を打った。ちらついて消えるような音だった。暖炉の火も少しずつ小さくなって、もう静かな石炭の寝床でしかない。ひんやりした空気が、氷で編んだ網をかぶせたように、部屋に下りていた。この雰囲気を猫の鈴が破った。グリーン夫人が、猫をどさっとフロアに落として、窓辺に立っていったのだ。カーテンを開けて外を見ると、空の色から彩度が抜けて雨模様になっていた。ぽつぽつ降りだした雨粒がガラス窓に模様をつけて、ゆがんで映り込んだリッテンハウス夫人の影像に、グリーン夫人が感想を返した。

「哀れよね」

ここから世界が始まる

Where the World Begins

もう二十分近く、カーター先生の授業で、しち面倒くさい代数の説明が続いていた。サリーはすっかり嫌気が差して、カタツムリが進むような教室の時計の針に目をやった。あと二十五分。それだけやり過ごせば自由になる。心楽しき大事な自由――。

すぐ前にある黄色の用紙に目を落とした。もう何度見ただろう。いくら見たって、まだ何も書いてない。ああ、空白！　ちらちらよそ見をしたサリーは、ほかの生徒が数学に頑張るのを見て、ばかじゃないのと思っていた。「ふん、ずらずら数字ならべて計算して、わけのわかんないXで置き換えたって、いい暮らしにつながるわけじゃあるまいし。ふん、世の中へ出ればわかることよ」

といって、世の中なり、人生なり、出ていってどうなるのか、たいして見通せるものではなかったが、大人たちから聞こえてくる様子で、いずれの日にか大変な日に遭いそうだとだけは思っていた。

「あちゃ」彼女は低い声を洩《も》らした。「ロボットが来る」これはカーター先生のことだ。まったく精密機械のような女教師である。作業効率が良くて、鋼鉄のように冷たい光を放っている。サリーはあわてて書き殴るように、黄色い用紙をでたらめな数字で埋めて、「とにかく勉強してるように見えればいいんだから」と思った。

先生はサリーには目もくれず悠然と通過していった。ほうっと安堵《あんど》の息が出た。ロボットめ！

サリーは窓際《ぎわ》の席にいる。この教室は高校の三階にあって、サリーの席からは見晴らしが良い。つい窓の外に目を向けた。その目がぼんやり広がって、ガラス玉のようになって、何を見ているのかわからない……

「それでは本年度のアカデミー賞を贈呈させていただきましょう。この一年、最高の演技を見せてくれた女優は、『欲望』において抜群の名演が光っていたミス・サリー・ラムであります。では、ここにアカデミーを代表いたしまして、私からミス・ラムにオスカーを――どうぞお受け取りください」

すると目を奪うような美女が手を伸ばして、金色の像をしっかりと抱きとめる。

「ありがとうございます」深味のある美声だ。「このような素晴らしいことに対して、何か一言申し上げるのが当然なのですけれど、いま感謝の気持ちでいっぱいで、もう言葉がありません」

席に戻っても、喝采《かっさい》が耳の中まで響くようだ。ブラボー、ミス・ラム。歓声、拍手、拍手。シャンペン。ほんとに気に入っていただけました？　サイン？　もちろん――。ええと、お名前は、ジョン？　あ、フランス風に、ジャン――わかりました――。「大切な友人ジャンに、サリー・ラム」あのう、すみません、ラムさん、サイン願います。こっちもお願い、サイン――。スター、金、名声、美しく、輝かしく――クラーク・ゲーブル――

「サリー、聞いてるの？」カーター先生の怒った声がする。サリーは飛び上がるように我に返った。「はい、先生」

「うーん、それだけ考えごとに集中できるなら、いま先生が黒板に書いた問題だって、うまく解けるわよねえ」カーター先生が上からの視線で教室を見渡した。

サリーは仕方なく黒板を見つめた。いま自分が笑いものになって、ロボットの冷たい目を浴びている。こいつらみんな、だらんと舌が出るほど首を絞めてやりたい。ああ、もうだめだ。何だこの数字、平方、Xだらけ、わけわかんない！

「思ったとおりね」ロボットが高らかに言い放った。「やっぱり、そうだわ。また上の空で、ぼうっとしてたんでしょう。その頭の中で何を考えてたのかしらね。授業と無関係だったことは間違いない。あなたみたいな、うーん、出来の悪い生徒だったら、せめて真面目《まじめ》にやってもらわないと困る。ちょっと、サリー、あなただけじゃなくて、クラス全体がおかしくなっちゃうの」

サリーはうなだれて、わけのわからない図柄を用紙に書き散らした。いま顔色がサクランボウみたいに赤くなっているという自意識はあった。でも、先生に怒られてへらへら笑う馬鹿な連中と同じにはならない。ロボットみたいにもならない……。

ゴシップ・コラム

今年、社交界にデビューするナンバーワン、その名はサリー・ラムとやら。〈ストーク・クラブ〉にて百万長者のプレーボーイ、スティーヴィー・スウィフトと愛をささやくのを目撃された女性は、はたして何者か。

「ねえ、マリー、マリー」すごく大きな絹のベッドに寝たまま、うら若き美女が呼びかけた。「今週の『ライフ』を持ってきてちょうだい」
「はい、お嬢さま」さっぱりしたフランス系のメイドが応じた。
「急いでね」せっかちな姫君は言った。若いながらに大変な資産を継いでいる。「ちゃんと撮ってもらえたか見たいの。今週号の表紙は私の写真だから。あ、それから、ついでにアルカセルツァーを持ってきて。もう頭が痛くてたまらない。たぶんシャンペンを飲み過ぎたのね——」

　ラジオ
今宵、裕福な令嬢が、ついにお待たせの登場。絢爛《けんらん》豪華な一万ドルの舞踏会が、サリー・ラム嬢のお披露目となる。いやはや、羨《うらや》ましきかぎり！　フラッシュ、フラッシュ——

「それでは、用紙を前に送ってください。急いで！」カーター先生がじれったそうに指先で教卓をたたいた。

サリーは、前の席に坐《すわ》っている赤ら顔の男子の肩越しに、でたらめだらけの用紙を突き出した。ふん、みんな子供だ。サリーは大きな格子《こうし》柄のハンドバッグを引き寄せ、その中をかき回して、コンパクト、リップスティック、櫛《くし》、ティッシュを取り出した。パウダーにまみれたミラーをじっと見ながら、もともと形の良い唇にリップスティックを塗りつけた。ラズベリーの色。

すらりとした身体《からだ》つきの女が、大きな金縁の姿見の前に立って、自身の容姿をながめていた。ここはドイツでも指折りの豪邸。はらりと落ちかかる髪を、華麗なる銀髪になでつけた。

素肌を出した肩に、浅黒い立派な紳士がいくらか腰をかがめてキスをした。彼女はうっすらと笑みを浮かべる。

「ああ、リュペ、今夜の君はすばらしい。本当に美しい人だ。この白い肌、その目――私がどのような心地になってしまうか、わからないだろうね……」

「うふぅん」貴婦人然とした女が猫のような声を出した。「もう将軍たら、とんだ見込み違いかもしれませんよ」女は大理石のテーブルに近づくと、二つのワイングラスの片方に三錠の薬をすべり込ませて、これを将軍に持たせた。

「リュペ、もっと何度も会ってほしいものだな。私が前線から戻ったら、毎晩でも食事に誘いたい」

「あら、わたしの愛《いと》しい人は、戦争の真っ只中へ行かなくちゃいけないの？」ラズベリー色の唇が、彼の口元に寄っている。やるわねえ、サリー、と自分で思った。

「作戦計画を前線に届けないといけない。それはリュペもわかっているだろう」

「ご自身でお持ちになる？」と、魅力たっぷりの女スパイが知りたがった。

「え、まあ、もちろん」そろそろ効いてきたようだ。男の目がガラスのようになり、ひどく酔ったかに見える。マタ・ハリもかくやの女が一九二八年産の銘柄ワインを飲み終えた頃には、もう将軍は彼女の足元で長々と伸びていた。

　かがみ込んで、男の上着をさぐった。突然、部屋の外に軍靴《ぐんか》の足音が響いた。彼女の心臓がびくんと跳ねた――

　終業のベルが大きな音で鳴った。生徒が教室の出口へ殺到する。サリーも化粧道具をハンドバッグにしまい、本をまとめて帰ろうとした。

「あ、ちょっと、サリー・ラム」呼び止める声はカーター先生だった。またしてもロボット。「ちょっと来て。話があるから」

　教卓まで歩いていくと、その間に先生は何かしらの書式に記入して、彼女に手渡した。

「はい、これ――。きょうは放課後の居残りで特別室へ行ってもらいます。教室でおかしな身繕いは禁止だって何度言ったらわかるの。黴菌《ばいきん》を撒《ま》いてるようなものよ」

サリーの顔がかーっと熱くなった。およそ身体について、身体にまつわることについて、何やかや言われたくない。

「それから、もう一つ。あなた、まだ宿題の提出をしてないわね……いつも言うように、勉強をするかしないか、あなたの気持ちで決まることなの……どっちだって、先生には痛くも痒《かゆ》くもない――」

サリーはぼんやりと考えた。この先生に痛いところなんてあるのか、ブリキ板みたいな皮膚をしてるんじゃないのか――

「――もちろん、この教科は落第ですよ。こんな見事な時間の無駄はないんじゃないの。不思議なくらいね。どうなってるのか、さっぱりわからない。自分から受講を取り下げればよかったのかな。まあ、はっきり言えば、あなたの知力では無理みたいなんで――あ、ちょっと待ちなさい――どこ行くの」

サリーは持っていた本を机上に投げ捨て、教室を飛び出していた。泣きそうなのはわかっていたが――ロボットの前では――泣きたくなかった。

あの先生は何だ。あんなやつに人生がわかってたまるか。知ってるのは数字ばかりじゃないか。何だ、あんなやつ。

人の多い廊下を無理やりに突き進んでいった。

魚雷が命中してから三十分ほどで、船は急速に沈もうとしていた。いまがチャンスだ！　サリー・ラムは、全米トップクラスの女記者。それが現場にいる。浸水してきた船室から持ち出したカメラで、救命ボートに逃れようとする人々、荒れる海で苦闘する仲間となった人々の写真を撮っている。

「そこの女の人」呼びかける船員がいた。「こっちだ、このボートに乗りなさい。もう最後かもしれない」

「お構いなく」暴風と怒濤《どとう》に負けない声で答えた。「すべて記録するまでは現場を離れません」

突然、サリー・ラムは笑い出した。カーター先生も、Xも、数字も、みんな遠くなった。はるかに遠い。ここまで来れば幸福だ。髪に風が吹きつける。まもなく死神と出会うだろう。

編集後記

デヴィッド・エバーショフ

本書にはトルーマン・カポーティが思春期から青年期にかけて書いた十四篇を収めている。『トルーマン・カポーティ初期短篇集』というタイトルのとおり、あとで二十世紀文学を代表する一人となる作家の最初期がここにあると言ってよい。その性質上、まだまだ熟した作品であるはずがなく、若い作家が腕を磨いていく過程の習作というべきものだ。カポーティ自身は「その気になって書き出したのは、十一歳の頃だった」と言ったことがある。「その気に、というのは、ほかの子が学校から帰ってバイオリンやらピアノやらの練習をするようなもので、僕は帰ってから毎日三時間くらいは書いた。夢中になって書いた」

作品の原稿はニューヨーク公共図書館にアーカイブされていて、カポーティによる推敲《すいこう》の跡が随所に残っている。早熟な作家が、線を引いて消したり、余白に書き込みをしたり、才能に磨きをかけようと懸命な姿がうかがえる。こうした初期の短篇においても、あとでカポーティ作品の特徴となる明晰《めいせき》な文章、精密なイメージ、力強く、それでいて軽みのある言葉遣いが、きらきらと輝いていることが見てとれる。たとえば「石の暖炉にとろとろ燃える火が、炉辺でだらしなく丸まった猫の目に、黄色い水たまりのような光を映す」、また「噴水が水晶のような光の水しぶきを撒《ま》いていた」といったような表現から、あとで「夜の樹」や「ダイアモンドのギター」で読者を魅了する声が、その初期ヴァージョンの形で聞こえてくる。規格外の才能を持って生まれた作家が、なお修業を積まなくてはならない有様を見るという稀有《けう》な機会を、この原稿はもたらしてくれる。カポーティがきわめて初期の段階から自身の声を見つけていて、その声の改良のために、なお努力を重ねたという証拠が、たっぷりと見えている短篇群なのである。

　また、もう一つ、カポーティの強力な才能の発露として見えてくるものがある。つまり、共感するということ。カポーティの作品では、部外者、他者——男でも女でも、また少年でも少女でも、社会（および社会からの期待値）の外縁に住まう者——への共感が寄せられることが多い。最初期の短篇にあっても、カポーティが、世界の中心に生きていない、あるいは生きられない人物たちに、引き寄せられていることが見えている。ホームレス、さびしい子供、混血であることを隠して白人学校にいる少女、死を間近にした老女、南部の故郷を離れてニューヨークへ出たアフリカ系の女。原稿を見ると、若い作家が推敲を重ねて文章を磨いていった様子がわかるのだが、同じように、こうして作品となったものを見ても、カポーティが多様な人物の生き方を想像し、共感する力を高めていった過程をのぞくことができる。円熟期に見られる人間への深い共感は、すでに初期の段階から養われつつあった。

　だが、修業の初期段階というものの例外ではなく、産み出されたものが完璧《かんぺき》だとは言えない。アフリカ系アメリカ人の心理に踏み込もうとする際には限界が見えていることを、ヒルトン・アルスが「作品解題」で述べている。若きカポーティは、自身の想像力を恃《たの》むよりも、修辞やステレオタイプに頼ろうとすることがある。女性がゴシック的に単純化される場合もある。また女性でなくても、生身の人間であるはずの存在が、よくある定型になりがちだ。しかし、まだ作家として最初期にいたカポーティも、取材対象、テーマから見れば、社会の強者ではなく周辺的な弱者から創作のインスピレーションを得ていたことは間違いない。もちろん、カポーティ自身のゲイ志向も、一つの説明材料になるだろう。そのことが原因となって、住んでいる世界の内部から周辺に追いやられた。軽んじられ、打ち捨てられ、あるいはそれ以上のひどい目に遭いかねない立場だった。カポーティ以前にも以後にも、ゲイの作家にはありがちなことで、彼もまた自身の心理をさぐる上で、わざと曖昧《あいまい》化する方法をとった。しかし、若い作家が、その出発点にあって、自身の別バージョンというべき姿を、ページの上に書き残していることも多いのだ。まるで共感が自身の芸術の中心になることを早くも承知していたかのように、若いカポーティは鏡を見るよりは他者を見ようとしていたのだと思われる。共感する力は、執筆を続ける年月とともに錬磨されていって、著名な作家となったカポーティは、ついに一九五九年、カンザスへ向かうことになる。傑作というべき『冷血』にあっては、自宅である農家で銃弾に倒れた一家のストーリーが語られるだけではない。カポーティは持てる才能を総動員し、とくに共感の力によって、常人には無意味としか思われないだろう凶悪犯罪を、あらゆる側面から理解し、描き出そうとした。

　本書に収めた短篇について、どの時点でカポーティが執筆し、あるいは推敲したのか、正確にはわかっていない。そのうちの七作、つまり「沼地の恐怖」「火中の蛾《が》」「分かれる道」「ルーシー」「ヒルダ」「ミス・ベル・ランキン」「ルイーズ」は、一九四〇年から一九四二年にかけて、『グリーン・ウィッチ』という文芸誌に載った。これはカポーティが一九三九年から一九四二年に在学したグレニッチ高校（コネティカット州）の学内誌である。「ルイーズ」は同誌による校内文芸コンテストで二等賞になったが、一等だったドロシー・ドイル・ギャヴァンによれば、カポーティは一等でなかったことに「怒り狂っていた」。後年、ある新聞の取材に、ギャヴァンは当時を回想して言った。「（トルーマンは）教室でつかつかと私の前に来て、ひどい言葉を浴びせましたよ」

おそらくカポーティにとって最初期の最後の作品と言えるのが、「似た者同士」である。これは一九四五年から一九四七年の間に書かれたと推定されるが、アップタウンらしい場面、くたびれたキャラクターという設定からして、ニューヨーク市に戻って大人になっていった時期のカポーティが、作家として大きく変わりつつあったことを示す作品になっている。

今回、収録にあたっては、字句の点検、統一などの校訂を行ない、ときに不明な箇所を修正しているが、カポーティに特徴的な句読法は、解釈に支障のないかぎり、原稿のままに保存した。各篇のタイトルは、すべてカポーティ自身のものだが、一つだけ例外がある。「これはジェイミーに（“This Is for Jamie”）」は、原稿では“This Is in Jamie”となっていた。だが、作品の内容から考えれば、原稿の“in”は誤記と判断してよいだろう。

ある作家の死後にその作品を出版するとしたら、いかに慎重であり、かつオープンであるか、という二つのことのバランスを考えなければならない。作家が遺《のこ》したものをそのまま保存するためには慎重であるべきだが、作家の成長ぶりがわかるように、通常は読むことのできない作品を広く知らしめるように、という意味ではオープンであるべきだ。ここに収録した作品が、若いカポーティの書いたすべてではない。カポーティの原稿アーカイブに所蔵されているが、あまりに若書きということで除外した作品も（十一歳で書いたという例も）ある。収録作の選定については、トルーマン・カポーティ文学トラスト、ランダムハウス、そのほかカポーティとその作品について知見を有する団体が、充分な検討を重ねた。なお、アーカイブでは、未収録作も含めて、そのオリジナル原稿が、研究者、学生の閲覧に供されている。

　トルーマン・カポーティは、一九八四年、ロサンゼルスで睡眠中に亡《な》くなり、その文学的な遺産は、何百万という読者を魅了するものになっていた。だが同時に、あまり芳《かんば》しからぬイメージも残っていた。飲酒、辛辣《しんらつ》、不誠実。そして最も悲しむべきイメージは、もう書かない、ということだったろう。たしかに、すでに何年も、執筆というほどのものは絶えていた。死の時点にあって、それまでに残した文業だけでは――すでに『遠い声　遠い部屋』、『ティファニーで朝食を』、数十の短篇、そして『冷血』などがあったというのに、それだけでは――せっかくの才能を無駄にしていたと評する向きもあったのだ。そんな最終イメージに対して、初期の短篇群はまったく違った視点をもたらすだろう。若い作家がタイプライターを前にして、持って生まれた素質を最大限に開花させようと奮闘している。テレビのトーク番組でおかしな発言をするのではなく、これしかないという言葉をページの上にぴたりと書き留めるトルーマン・カポーティがいる。かつてジョン・マクフィーは、「どの一つのことも、その後のことに影響する。これがスポーツの法則だ」と書いた。同じことが芸術家についても言えるだろう。初期作品があってこそ、その後のトルーマン・カポーティがあって、多くの読者に愛される作品を産み出すことになったのである。いずれ満開に咲こうとしている天才の姿がここにある。

（ランダムハウス社の編集者）

作品解題

ヒルトン・アルス

トルーマン・カポーティが、モーテルの部屋の真ん中に立って、テレビを見ている。このモーテルはカンザスの田舎の真ん中にある。一九六三年――。足元のカーペットはみすぼらしいが、すっかり硬くなっているおかげで、どうにか踏ん張れるのかもしれない。もし飲み過ぎていたら、なおのことだ。外には西部の風が吹き渡って、トルーマン・カポーティは、スコッチのグラスを手にして、テレビを見ている。ガーデン・シティ周辺での長かった一日の終わりに、こうして落ち着こうとすることがある。いま彼は複数の被害者を出した殺人事件を取材し、その後の経過にもおよんで『冷血』というノンフィクションノヴェルを書いている。

執筆を思い立ったのは一九五九年。ようやく完成してからは、まず『ニューヨーカー』に連載され（一九六五年）、それから単行本になる。当初の意図としては、小さなコミュニティが事件にどう対応したかを書けばよいのだったが、作家がガーデン・

シティに到着するまでには——犯行現場は、その近郊ホルカムにあった——すでにペリー・スミス、リチャード・ヒコックという二人組が、農家のハーバート・クラッター夫妻および二人の子供ナンシーとケニオンを殺害した容疑で逮捕されていた。

ここからカポーティの企画は方向性を変え、より複雑なものになったのだが、この日、この夕方近くの時点では、『冷血』の刊行は、まだ二年も先である。

一九六三年、トルーマン・カポーティがテレビの前に立っている。そろそろ四十歳。作家として生きた時間は、それまでに生きた時間と、ほぼ変わらない。言葉を書く、ストーリーを語る——そういうことを子供の頃から続けた。育ったのはルイジアナ、またアラバマの片田舎、さらにコネティカット、ニューヨーク——。分裂した世界、対立する文化の申し子である。郷里の南部では、あたりまえに差別があった。北部へ行けば（少なくとも論点としては）統合があった。そして、どっちへ行っても、彼そのものが変わっていた。物書きであることが、すでに風変わりだった。

カポーティは「八歳で作家になった」と言ったことがある。「そのように突発しただけで、先例があって啓発されたのではない。ほかに文章を書く人はいなかった。いや、読む人さえめずらしかった」ということで、書くことは彼の個性なのだった。そしてまたゲイであることも同じように——より具体的に言えば、観察と批評と面白がる精神をそなえたホモセクシュアル的な感性もまた——彼の個性であったのだ。この両者は相互に補完することになる。

「あの頃、僕の作品で一番面白かったのは」と、カポーティは神童だった時期を振り返って書いた。「日記として書き留めた身辺雑記のようなものだ。隣人を観察した記録、地元の噂《うわさ》……。それなりに報道のスタイルをとって、見る、聞く、という形が整っていた。その後の僕にとっては大きな意味を持つことになったが、当時はまだ意識していなかった。というのも、僕が公表するつもりで書いたもの、つまり出版を意図してきちんとタイプしたものは、どれも多かれ少なかれフィクションになっていたからだ」

　しかし、今回初めて短篇集となった初期作品を見ると、どこか報道めいた語り口が、ここにも存在するように思える。そのことは、とくに目立った特徴として挙げるべきだろう。そして、もう一つ、異質性を描くことを大事にする姿勢も際立《きわだ》っている。実例として「ミス・ベル・ランキン」から引用しよう。南部の小さな町にいる孤独な変人の話だ。カポーティ十七歳の作品である。

> ミス・ベル・ランキンという人を初めて見たのは、僕が八歳の年である。八月の暑い日だった。太陽は緋《ひ》色《いろ》の縞《しま》模様がついた空を下降して、乾いた熱気が地面からゆらゆら立ちのぼっていた。
>
> 僕は家の前にいて、ベランダの階段に腰かけ、道をやって来る黒人の女を見ながら、あんなに大量の洗濯物を頭に乗せて運べるのかと思っていた。この女が足を止めて、僕の挨拶《あいさつ》に答える形で、暗い響きを長く引いた黒人らしい笑い声を発した。すると、このとき道の反対側を悠然と歩いてきたのが、ミス・ベル・ランキンなのだった。（中略）
>
> その後、この人を何度も見かけるようになった。だが、あの最初に見た姿が、ほとんど夢で見た映像のように、くっきりと記憶に残ることになりそうだ。ミス・ベルが音もなく道を歩いて、赤っぽい砂埃を足元に舞わせつつ、黄昏《たそがれ》の中に消えていった。

この黒人女性、また初期のカポーティ作品に見られる黒人全般との関係について述べる前に、まず想像の産物としての黒人女性について言っておくと、これはカポーティが生まれ育った時代と土地が産んだものであり、文学史に残る痛ましい遺物でもある。トニ・モリソンの言い方なら黒い「影」だ。これは大恐慌《きょうこう》時代の白人作家の大物、たとえばヘミングウェイ、フォークナー、またカポーティが傾倒していたウィラ・キャザーの小説にも、さまざまに形を変えて現れている。

「ミス・ベル・ランキン」においても、その女は「黒人らしい笑い声」を上げて、また容易に怯《おび》える存在として描かれる。つまり、カポーティの語り手は明らかに対象とは異なる立場をとることがわかる。少なくとも自身は白い側にあって、この女のような存在であることを免れている。

　だが「ルーシー」（一九四一年）では、語りの視点となる若者が、所有物として扱われる黒人女性に心を寄せていこうとする。「私の母は南部の料理を好んだ。それでルーシーが来ることにもなった。私が南部へ遊びに行っていた夏に、母から伯母の家に手紙が来て、料理上手でニューヨークへ出る気のある黒人の女を見つけてくれないかと書かれていたのである。それで土地の心当たりをさがした結果が、ルーシーなのだった」このルーシーは快活な女で、仲良くなる白人少年と同様に、ショービジネスを愛好している。そこでプロの歌手（たとえばエセル・ウォーターズ）の物真似《ものまね》をして二人で面白がっているのだが、はたしてルーシーは（ひょっとするとエセルも）お馴染《なじ》みの愉快な黒人女らしい行動を演じているのだろうか。ルーシーは自己を持たない。カポーティがあたえないのだから、持てるはずがない。それでも何らかの個性を求める動きはある。若い作家が見極めようとするものに、魂と肉体が追いつこうとしている。この作家にとって一つの大きなテーマともなることだ。すなわち「アウトサイダーであること」。

　ルーシーの場合は、人種もさりながら、南部の人間が寒い風土に来たという事情がある。語り手は明らかにカポーティ（アル中の母親の一人息子）と同じような淋《さび》しい少年だが、この少年の意識は北部の側にある。作者はルーシーという人物のリアルな造型には至っていない。まだ作家自身にとって異質性の感覚がリアルになりきっていないのだ。手がかりをつかもうとはしている。（一九七九年の短篇で、カポーティは一九三二年の自分のことを書いた。「僕は気になる秘密を抱えていた。どうにも気になってたまらない。人には言えたものでなかった。どこの誰にも言えない。言ったらどう思われるかわからない。そういう変わった悩みだった。もう二年近くも悩んでいた」つまりカポーティは女の子になりたかったのだ。その実現に向けて味方になってくれそうな人に打ち明けると、彼女は笑った。）

　この「ルーシー」のみならず、ほかの作品にあっても、カポーティから出かかった独自の鋭いビジョンを、感傷が止めてしまうことがある。彼はまだコミュニティの内部にとどまろうとして、それはルーシーも同じである。これは文学的にも、また現実の人間としてもそういうことなので、作品を書いた当時のカポーティは、いまだ白人世界に未練を残している。多数派であることに甘んじて、芸術家であることに由来する孤立には向かわない。だが「西行車線」になると、正しい方向へ一歩踏み出したような、後年の成熟したスタイルの予告のような感がある。短い場面をつないで、信念と法律にまつわるミステリー仕立ての構成にしている。その冒頭は――

　椅子《いす》が四脚と、テーブル――。テーブルの上に書類があり、それぞれの椅子に男が坐《すわ》る。窓の下には街路――。その街路を行く人がいて、窓には雨が降りかかる。まるで絵に描いたような非現実、と思われるかもしれないが、しかし現実なのだから、下の道には何も知らない通行人がいて、窓には雨がしとしと降っていた。

　坐った四人、テーブル上の公式文書、ともに微動だにせず、静止画のようになっていた。

このような習作と言えるものを産み出しつつ、カポーティは映画的な観察眼を鋭くしていった（書籍や話し言葉もさりながら、彼は映画から大きな影響を受けている）。「西行車線」のような作品からは技術的な方向性も見えてきて、そこに習作の習作たる価値があった。たしかに習作には違いないが、これが書かれたことによって、その次に「ミリアム」も書かれた。これは本来の居場所を離れて積雪のニューヨークで疎《そ》外《がい》されて生きる女の物語で（やっと二十歳になったカポーティが世に出した）すでに驚くべき傑作である。もちろん、さらに「ミリアム」その他の作品から進んで、一九五〇年代に「ダイアモンドのギター」のような、やはり映画に啓発された物語があり、そこからまた『冷血』や、一九七九年の「そしてすべてが廻りきたった」（チャールズ・マンソン一家のメンバーで殺人犯のボビー・ボーソレイユにまつわる短篇）で鮮烈に探究されるテーマが見えてくる――。

　というように書き進んでいって、行方の定まらなかった少年カポーティの精神が、しっかりした焦点（使命と言ってもよい）を探しあてることになった。すなわち、彼がいた社会環境では言葉にされなかったもの、とくに消えやすいもの、また異性愛であれ、静かに閉鎖された同性愛であれ、その愛が人の関わりを封じてしまう瞬間を、徹底して語ることである。ところどころで感動を誘う「もし忘れたら」にあっては、女が愛を待つ、というか愛の幻影を待つのだが、状況からして、これが実現することはないだろう。一方からの思いにすぎない。遂げられない愛は、そのようなものである。女性の視点から、機会を失う、愛に見放される、ということの探求を進めたのが、「知っていて知らない人」である。ここではナニーという白人の老女が来客の夢を見る。訪れるのは男の客で、いわば性の感覚にも似て、優しくも恐ろしくも接してくる。

キャサリン・アン・ポーターの傑作短篇「ウェザオールばあさんの失恋」（一九三〇年）における一人称の語り手と同様に、ナニーの心が頑《かたく》なになっているのは――出てくる声も愚痴めいているが――拒絶された過去があるから、愛に騙《だま》されたから、その必然として傷つきやすくなってしまうからである。結果としてナニーは猜疑《さいぎ》心《しん》が強くなり、これが世界に流れ出るのだが、いまの彼女の世界とは、黒人の使用人ビューラだけでしかない。

ビューラは常に存在する。付き添って味方になってくれる。だが顔がない。身体《からだ》もない。ビューラは一個の人間ではなく、ある一つの感情なのだ。ここでもカポーティは、人種に関して、みずからの才能を使い損なっている。ビューラは現実の人間として造型されているのではない。黒人女とはいかなるものかという虚構である。だが、ここは先を急いで、ビューラはさておき、カポーティが虚構にあっての現実感を輝かせた作例を見ることにしよう。個々の作品にそれぞれの現実が響くようになる。

一九四〇年代の中盤から後半、カポーティがノンフィクション作品を発表しだした時期には、小説家がジャーナリズムに越境するという現象はきわめて稀《まれ》なことだった。ジャーナリズムは小説よりも格下の形式と見なされたのである。もともとイギリスで小説が発達した時期には、小説の大家にとってジャーナリズムは大事なものだった。たとえばダニエル・デフォーにしても、チャールズ・ディケンズにしても、ジャーナリストとしての経験から出発している。（デフォーの悩ましくも奥深い『ロビンソン・クルーソー』は、実際に冒険した男の記録にヒントを得ているし、ディケンズの傑作『荒涼館』（一八五三年）は、イギリスの法と社会について、一人称の主観的な語りと、三人称のジャーナリズム的な記録が交互に出てくる）。つまり、自由度の高い形式を捨てて制約の多いジャーナリズムに向かおうとする例は、現代の小説家には少なくなっていたということだ。ところがカポーティは現実に取材しつつ、その上を行こうとして、そこに生じざるを得ない緊張を愛した、というのが筆者の考えである。あたりまえの現実を、一段上のレベルに引き上げようとした（第一長篇となった『遠

い声 遠い部屋』（一九四八年）では、主人公ジョエル・ハリソン・ノックスが、そのような衝動を感じている。使用人である黒人少女ミズーリは、ジョエルの嘘《うそ》を見抜いて、「そんなの、でたらめ」と言う。するとカポーティは、「だが作り話をするうちに、言ったことに嘘はないとジョエルには思えていた」と続ける）。その後、「自画像」（一九七二年）では、次のように言っている。

> Q：あなたは真実を語る人ですか？
>
> A：作家としては、はい、そうだと思います。個人としては、どうですかね、見方によりけりかもしれません。何かしらの出来事を伝えるのに、やや脚色して語る傾向はあるようです。友人にはそう思われていますね。でも自分では、そうやって「生かしている」と考えます。それもまた芸術だと言ってよいでしょう。芸術と真実。べったり寄り添っているとは限りません。

初期のノンフィクションとして優れた二冊、すなわち『ローカル・カラー』（一九五〇年）、および快作でも怪作でもある『詩神の声聞こゆ』（一九五六年）――ここではソ連で『ポーギーとベス』を上演しようとする黒人の一座と、往々にして差別的なロシア側の反応を追っている――にあっては、著者は事実関係をいわばジャンプ台として利用し、そこからアウトサイダーとはいかなるものかを考えようとする。以後のノンフィクション作品においてもアウトサイダーを取り扱うことが多い。不慣れな世界に流れて生きる下層の人間たちである。

本書に収録の「沼地の恐怖」「水車場の店」（どちらも一九四〇年代の初め）は、辺《へん》鄙《ぴ》な地方を描いて、おのずと政治性を帯びている。男性中心の貧困社会であり、そのために醜悪な現状を呈することもある不自由な世界である。短い作品ながら、あとに来る長篇『遠い声　遠い部屋』の影が差したようなものだ。この長篇は、作家の形成に大きく関わった土地（情緒的に激しく、人種意識が強い）のレポートとして読むのがよいだろう。カポーティ自身の言によれば、作家としての第一段階を終えた作品である。また「アウトな」小説の代表格でもあって、異質性とは何かと問うことを本質としている。

若い娘が妹のことをノックスに話して聞かせる場面で、男っぽい妹が農業を志望していると聞いたノックスは、「いけないの？」と言う。たしかに、どこがどういけないというのだろう。『遠い声 遠い部屋』は、南部文学らしいゴシック調のシンボリズム、ドラマの高度な作例である。その中にミズーリという（ズーとも呼ばれる）黒人の女が出る。病んだ白人家庭にあって、病人の便器の始末をしたり、やかましい白人の話を聞かされたりするものの、従来の黒人女性像とは違って、ただ陰影の中にとどまっているのではない。といって自由に飛び出せるのでもない。自由への道は、男中心で、無知で、薄情な社会事情に阻《はば》まれる。すでに著者が「沼地の恐怖」「水車場の店」で鮮やかに描き出したものと同じだ。

いったん脱出をはかったズーは、結局、元の暮らしに戻らざるを得ない。北部へ行って雪を見られたのかと問うジョエルに、ズーは叫んで答える。「そんなん、ありゃしない。雪だの何だの嘘ばっかだ。あるのは太陽、どこにでもある……黒人の太陽、あたしの魂、もう真っ黒だよ」彼女はレイプされ、火を押しつけられている。暴行犯は白人である。カポーティは政治的な人間ではないと自分では言っているが（「いままでに投票したことさえない。もし誘われたら抗議パレードに加わるかもしれないが、どんなのに行くかわからない。反戦、アンジェラ釈放、ゲイの解放、ウーマンリブ……何でもありだ」）、その一方で、政治性は彼の人生と切っても切れないものだった。同性愛的な魂の持ち主として生きていくためには、みずからの異質性をどのように利用するか、なぜ利用しなければならないか考えざるを得ない。芸術家としてのカポーティは、真実をメタファーとして楯《たて》に取った。南部生まれで高い声を出す男にとって、なじみやすいとは言いがたい環境では――トラック運転手にいやな顔をされて反発し、「なに見てんのよ、一ドルもらってキスしてやったりしないよ」と言ったこともある世界では――それこそが、かえって自己をさらけ出す方法になった。そのおかげで、ある現実の状況で現実の彼自身がどのようなものだったか、読者は（ゲイであってもなくても）想像をたくましくすることができる。カンザスで『冷血』の取材中に、テレビを見ていたとしたらどうだろうという想像だってできる。

そうやって時事ニュースを――たとえば、彼が暮らしたこともあるアラバマで、黒人教会に爆弾が仕掛けられて四人の少女が死んだ凶悪な差別事件を――見ていたかもしれない。あるいは、彼自身が『ティファニーで朝食を』（一九五八年）で主役のホリー・ゴライトリーがシガレットを欲しがって言ったセリフ（「あんたに頼んでんじゃないわよ、Ｏ・Ｊ。あんたなんか、だらしないだけで、シガレットを涎だらけにする《ニガーリップ》」）を、よく書けたものだと思っていたかもしれない。

カポーティの作品は、彼自身の性愛における異質性を正しく反映した場合に、上々の出来映えを見せる。逆に、作品が弱くなるのは、彼が育ったルイジアナ、アラバマで見知ったであろう唯一《ゆいいつ》のゲイの行動モデルにとらわれた場合である。すなわち、いとこのランドルフだ。陰鬱《いんうつ》で、気取りがあって、ノスタルジアと花の香りに浸りきった同性愛の男が、ズーのことを「わかる」と言えるのは、彼女の現実が彼のナルシシズムに干渉しないからである。カポーティはそんなものではなかった。その時代に、その時代を、執筆の対象として、カポーティは現実もナルシシズムも超えた。フィクションとして操作することで得られる真実を書き上げて、われわれの時代までも見通した芸術家になったのである。

（批評家〔『ニューヨーカー』のスタッフライター〕。『ニューヨーク・リビュー・オブ・ブックス』にも寄稿。著書に『女たち』『白い娘たち』。ニューヨーク在住）

カポーティ略伝

一九二四年九月三十日、ニューオーリンズに生まれて、そのときの名前はトルーマン・ストレックファス・パーソンズ。家庭の生活事情で、不安定な幼年期を過ごした。アラバマ州モンローヴィルの母方の親族に預けられる。父は詐欺《さぎ》を働いて収監されるような男だった。両親は離婚することになり、トルーマンの養育権をめぐって陰湿な争いを演じている。結局、ニューヨークに移ることになったのだが、すでに母は再婚して、キューバ生まれのビジネスマンが継父となった。以後、この男の姓であるカポーティを名乗っている。一九四〇年代の初めに、『ニューヨーカー』の編集部で雑用の仕事につくが、詩人ロバート・フロストのご機嫌を損ねるという失態により解雇される。初期作品が『ハーパーズ・バザール』に掲載され、二十代で作家としての評判を得る。長篇『遠い声 遠い部屋』（一九四八年）は、ゴシック仕立ての成長物語で、カポーティ自身は「悪魔払いのような企図」だと述べた。中篇『草の竪琴《たてごと》』（一九五一年）は、アラバマで過ごした時代に根ざした作品で、やや穏やかなファンタジーと言える。これによって早熟の作家たる名声が確立された。

作家としての出発時点から、早くも華やかな交際関係ができあがった。作家、芸術家のほか、上流社会、国際社会の著名人と幅広い交友があり、その活発な社交生活によって何度となくメディアの注目を浴びた。短篇集『夜の樹』（一九四九年）、中篇『ティファニーで朝食を』（一九五八年）の刊行はあったが、次第に演劇への関心を強めて、『草の竪琴』を戯曲化し、ミュージカル『花盛りの家』（一九五四年）を書いた。またジャーナリズムにも傾斜して、まず『ローカル・カラー』（一九五〇年）、また『詩神の声聞こゆ』（一九五六年）を発表。さらに映画に参入したこともあって、ジョン・ヒューストン監督の『悪魔をやっつけろ』（一九五三年）の脚本を担当している。

カンザスでの一家殺害事件に関心を抱いたことから、カポーティはたっぷり時間をかけた調査を行ない、これが傑作として評価される『冷血』（一九六六年）の土台になった。「現実の出来事に小説的な技法を用いて」、一つの融合的な産物が新しく世に送り出されている。「潔癖なまでに事実そのもので」、なお芸術作品でもあるのだった。いかなるジャンルとして考えるにせよ、これが『ニューヨーカー』に連載されると、たちまちのうちに、従来のカポーティ作品を上回って、広汎《こうはん》な読者層を惹《ひ》きつけることになった。『冷血』の完成を記念して〈プラザ・ホテル〉で開かれた仮面舞踏会は、大きく喧伝《けんでん》されて、一九六〇年代を象徴する出来事になったとも言える。しばらくの間、カポーティはテレビや雑誌に登場する常連となって、映画『名探偵登場』（一九七六年）では俳優としての出演さえも行なった。

　長い年月を要しながら、ついに未完の遺作となった『叶《かな》えられた祈り』は、名のある富裕層について観察したことのすべてを抽出しようとした長篇である。その抜粋が『エスクァイア』に掲載されると（一九七五年）、秘密にしたい機微までも暴露されたとして、それまでは友人だった裕福な人々が衝撃を受け、カポーティは、かつて君臨した華やかな世界から締め出されることになった。そのほか後期の著作に、フィクションとエッセーをまとめた二冊、『犬は吠《ほ》える』（一九七三年）、『カメレオンのための音楽』（一九八〇年）がある。一九八四年八月二十五日、ロサンゼルスにて死去。長年にわたり、ドラッグと酒の問題を抱えていた。

訳者あとがき

小川高義

まさかカポーティの「新作」を訳す機会があるとは思わなかったが、本書の成立事情については「編集後記」「作品解題」などをご覧いただくとして、訳者からの「あとがき」は、翻訳中に感じていた細かい点を二つ三つ挙げるにとどめよう。なお、原書では、アルスの文章が「前書き（Foreword）」として目次よりも先に置かれ、それから十四篇の作品がならんで、エバーショフの文章が「後書き（Afterword）」として続いている。だが、この日本語版では順序を入れ替え、まずカポーティの作品そのものが読者の目に触れるようにしたことをお断りしておく。

訳者としては、どちらかと言うと、エバーショフの「編集後記」に興味を惹かれた。字句の統一をしたり、明らかな誤記・誤植を訂正したり、という作業があったのは当然として、若書きの原稿をなるべく保存するという方針もまた当然のことだったとわかる。しかし、もう一つ、これも当然だと訳者が言いたいのは、執筆時の若きカポーティにはプロの編集者がいなかったということ。そういう未編集に近い（ほとんど生《なま》の）文章を訳すことは、小説の翻訳家にとっては、めずらしい経験だと言える。いざ訳そうとすると、登場人物の視線や所作に無理がないか気になることもあった。

たとえば十七ページ。「ジェイクは啞然《あぜん》として彼を見た」という動きがあって、数行のセリフが続いてから、「ジェイクが向き直った（turned around）」とされる。セリフがやり取りされる最中に、彼はどこを見ていたのか。いったん目をそらしていた、そっぽを向いていた、と考えることもできなくはない、というよりも、そう考えるしかないのかもしれない。また、「ティムは倒木に坐った」（十九ページ）という動作から、「二人で倒木に坐った」にいたるまでに、彼はどう動いていたのだろう。どちらも英語では“sat down on a log”である。つまり、素直に読めば（途中で立ったという暗黙の了解をしないかぎり）、ティムは坐ってから、まだ立ち上がっていないのに、（おそらく別の木に）腰を下ろしたことになる。

誤記や誤植の疑いも、まだ残っている。右記の箇所で向き直ったジェイクの顔は、「眉毛はますます棘《とげ》が立ったように見えた」とのことで、原文では眉毛が“more like thorns”になったというのだが、いささか怪しいと訳者は思う。最初に登場したジェイクは「角が生えたような眉毛《まゆげ》」だと紹介される（十ページ）。これは眉毛が“looked like horns”なのだった。この二つ、見た目に似ている“horns”と“thorns”は、どちらかに統一されるべきではなかったか。そうであれば二回目に出る「ますます〜のように（more like）」という比較級が、めでたく比較の基準を得ることになる。現状では、やや浮いたような、行き場のない比較表現になっている。

そのほか細かいことは省略するが、明らかな錯誤と判断して修正したのは、「大きな格子《こうし》柄のハンドバッグ」（百六十五ページ）である。これは原文では「ハンドブック（handbook）」になっているが、次ページの「ハンドバッグ」と同じはずなので、“handbag”（あるいは“pocketbook”）と見なした。

ともあれ、そのような疑問が見つかったとしても、多くの場合は、もはや現在の編集者には直しようがあるまい。もちろん訳者も無理に補正して訳そうとは思わなかった。わからないからといって勝手に変えるわけにはいかない。またリアリズム一辺倒で理に落ちたら、かえって作品の勢いを削《そ》いでしまうこともあろう。たとえば第二篇の鶏を裂く場面（二十九ページ）で、そのジャックナイフがどこから出てきたのかということは不問に付すしかない。原文では“with the aid of a jackknife”である。不定冠詞がついた「ある一つのナイフ」は、誰が持ってきた道具なのか特定されない。どうとでも解釈できることになるが、現場の状況からすれば、とっさにナイフが使えたことの合理的な説明は難しい。とはいえ、そんなことを気にしながら、この場面を読む人がいるだろうか。訳者は業務上の記憶として、エドガー・アラン・ポーの「黒猫」に類例があったことを思い出す。主人公の男は猫への怒りから斧《おの》を振り上げ、実際には妻を殺している。その斧がなぜ手近にあったかという説明はどこにもない。しかし、だからといってポーに突っかかる論客はいないだろう。つまり著者に筆力があれば読者の猜疑《さいぎ》心《しん》を寄せつけないということで、そういう現象が早い段階からカポーティにもあったと考えるのがよいと思う。

　というわけで、いくらかの弱点はあるかもしれないが、それを上回って興味深い作品集である。訳者自身も、いまから仕事を離れて読み返せば、たいして矛盾を気にするまでもなく楽しめるように感じる。わざわざ難癖をつけるよりは、こんなに若いうちから、鮮やかな描写力、ときに詩的にも幻想的にもなる表現を身につけていた早熟の作家の、みごとな若書きを楽しむのがよいだろう。ゴシック的、と言われることの多いアメリカ南部の作家らしい特質を充分に発揮している。訳者がポーを思い出したのも、そのせいかもしれない。また、先に進むにつれ、若い作家が腕を上げていく感触が、しっかりと伝わってきた。アルスやエバーショフの採点では辛すぎないかと思うくらいだ。なかなか楽しい仕事が転がり込んできたものだというのが、訳者として正直な感想である。

解説　天才作家の天才的習作

村上春樹

　これはあくまで僕の個人的な見解に過ぎないのだが、トルーマン・カポーティはアマデウス・モーツァルトに似ていると思う。

　カポーティはあと一ヶ月で六十歳というところまで生きたから、三十五歳で夭逝《ようせい》したモーツァルトに比べればおおよそ四半世紀ぶん長生きしたわけだが、もし仮に彼が同じように三十五歳で亡《な》くなっていたとしたら、と仮定してみよう。カポーティは三十四歳のときに『ティファニーで朝食を』を発表しているから（それから『冷血』を出版するまで七年間の沈黙の時期がある）、作品系列的に見れば、もし『ティファニー』が彼の最後の作品になっていたら……という設定になる。これはもちろん勝手な、そして乱暴な想像に過ぎないわけだが、もし仮にそうなっていたなら、カポーティの小説家としての「天才性」のピュアさは、今あるよりもっと鮮明に浮き上がってきただろうし、二人の相似性はより明瞭《めいりょう》になっていたはずだ（誤解されると困るのだが、カポーティが若くして死んだりせず、長生きしてより多くの作品を書き残してくれたことを、僕としては言うまでもなく喜ばしく思っている）。

　カポーティとアマデウス、この二人のいちばんの共通点は、どちらも周りの誰もが認める「神童」であったことだ。もちろんほんの幼いうちからヨーロッパ中の評判になった神童中の神童、アマデウスに比べれば、カポーティは広く世に知られるまでに時間がかかったから、あくまで「ローカルな」神童というあたりに留まっていたわけだが、そこには音楽と文学という活動領域の違いが大きく作用している。音楽や絵画においては直観的、感覚的要素が主要な役割を果たすのに比べて（つまり神童を輩出しやすい環境にあるのに比べて）、文学においてはそれらを言語化しなくてはならず、そこでは経験的要素、論理的要素、そして広い意味での論理的要素が重要な意味を持ってくるからだ。そういう技術を人が身につけるにはそれなりの時間がかかる。とはいえ、十八歳でデビューしたフランソワーズ・サガンのような特別な例を別にすれば、二十歳前後でのデビューは作家としては早熟な部類に属するだろう。

　それにしても、「神童」カポーティの早熟さには実に目を見張らされる。この人はたぶん書くために生まれてきたのだろう、と思わせるものがそこにはある。もちろん二十歳前後でデビューした作家は決して少なくないし、彼らの多くは早熟で華麗な才能を持ち合わせた人々だったが（たとえばスコット・フィッツジェラルドも、カーソン・マッカラーズもそうだ）、『遠い声 遠い部屋』あたりから始まるカポーティ作品の完成度には群を抜くものがある。そこには最初の段階から既に、「文句のつけようもない」という気配が色濃く漂っている。ある種の詩文にも似て、「受け入れるか受け入れないかしかない」という地点で成立しているように見える。そこにはロジカルな解析や客観的価値評価をはねつける、あるいは必要としないところがある。

そして彼は瑞々《みずみず》しくナチュラルな才能を抱え、その才能の導くままに、まるでそれを思いのまま、ぽたぽたと筆の先からしたたらせるように、小説を書き続ける。『草の竪琴』『クリスマスの思い出』『感謝祭の客』、そして短編集『夜の樹』。あるものは優しく、あるものは深く妖艶《ようえん》で、あるものは不思議に粗く哀《かな》しく、あるものは息が詰まるほど美しい。そしてそのような「したたらせ」は『ティファニーで朝食を』までほとんど途切れることなく続く。

僕の感覚からすれば、カポーティの天才性はそこでいったん歩を止めることになる。言い換えれば、その自然な才能の発露はそこで中断、あるいは中休みを迎えることになる。もちろんそれはカポーティの作家としての限界を示すものではない。彼は少しばかり一服してから、大作ノンフィクション『冷血』に取り組み、書き上げ、それによって作家としての評価を一段階高いものにしていくことになる。しかし小説家としての純粋な天才性——神童性の延長といってもいいだろう——は、そこでひとまずの区切りを迎えることになる。三十五歳を迎えたあたりで……つまりモーツァルトが亡くなった年齢とだいたい同じあたりで。そしてそのあとは、彼がそれまでに蓄えた自力を振るう、厳しい生き残りの勝負が始まる。アルコールやドラッグが徐々にその取り分をとっていく。

この初期短編集『ここから世界が始まる』に収められた十四編の作品は、「編集後記」にも記されているように、カポーティが十代の頃に書いたものである。「習作」としてアーカイブに収められてはいたが、これまで発表されていなかったものだ。カポーティはなにしろ十一歳のときから、憑《つ》かれたように小説を書きまくっていた人で、未発表作品が死後あちこちで見つかって、そのたびにいろんな形で出版されてきたが、ここまでの若書きがまとめて正式に公表されるのは初めてのことだ。

これらの作品を読み通してみて、まず僕が抱いたのは、何かを書かずにはいられない人が、何かを書き続けているうちに、重要なものごとを徐々に掴《つか》み取っていく（あるいは囓《かじ》り取っていく）プロセスを僕らは目の前にしているのだという、一種の目撃者的感覚である。そこで——そのような段階で——必要とされるのはたぶん「なにがあろうと書き続ける」という姿勢と、骨の折れるフィジカルな手作業をいとわない強い意志だ。しかし若き日のカポーティは、そのような作業を自ら楽しみながら、とくに苦労もなく、実に易々《やすやす》とやってのけているように、僕の目には見える。そこには修練や克己といったものの影はほとんど見受けられない。

　そう、カポーティは何はともあれ、物語を書き続けずにはいられなかった作家なのだ。物語を書くことは彼にとって、息をするのと同じくらい欠かすことのできない、生理的、身体的な作業だったのだ。彼はごく自然にマテリアルを吸い込み、物語を吐き出す。マテリアルを吸い込み、物語を吐き出す。それが終わることのない、ひとつの自然なサイクルとなっている。

　しかし彼はやがて、そのサイクルの成り立ちを、より深く本質的に理解するようになり、吸い込む作業と吐き出す作業とのあいだに、然るべきためをもうけるノウハウを学んでいく。そしてそのためは、カポーティ固有の力強い文学的資質となっていく。しかしそれはもっとあとの段階のことだ。本書に収められた作品群が書かれた段階においては、カポーティはまだそのマテリアル自体の面白さにほとんど同時的に身を任せてしまっている。それがつまりは「若書き」ということなのだが。

僕個人のことを言わせていただくなら、僕は早熟な人間でもなかったし、もちろん神童なんかではなかった。また「書かずにはいられない」人間でもなかった。本を読むのは好きだったけれど、十代の頃は、小説を書きたいというような気持ちは僕の中にはついぞ生まれなかった（もし生まれたとしても、そんなのとても無理だとあきらめていた）。僕が何かを書きたい、何かが書けるかもしれない、と思ったのは、三十歳の誕生日を目の前にしてからだった。だからこのような、十代の少年・青年の手になる作品集を目にすると、ただ「ほう」と感心してしまうことになる。ここに収められているのはあくまで「習作」であり、当然ながらそこには少なからず欠点が含まれているわけだが、それでも十代の頃の僕にこんなものが書けたかというと、「とてもとても無理だった」と言うしかない。僕がカポーティや、フィッツジェラルドや、マッカラーズといった「早熟系」の作家に心惹《ひ》かれるのは、あるいは自分が持ち合わせていないそのような資質に興味を抱いてしまうからかもしれない。

　彼らには「物語を語ることを抜きにしては生きていけない」という、早い段階での自然な意思の決定があったように見える。そういうほとんど「神意」に近い決定を抱えて生きていくのがどういうことなのか、僕には——天才でも神童でもない僕には

——もちろん想像するしかないわけだが、ある場合にはそれはどこまでも美しい至福となり、またある場合にはそれは背負うべき重荷となったかもしれない。

　正直言って、生まれて初めてカポーティ作品を手に取るという読者に、この短編集を奨めることはちょっとむずかしそうだ。しかしある程度しっかりカポーティを読み込んだ読者には、とりわけカポーティ作品の愛好者を自認する人々には、本書はおそらく興味深い書物となり得るはずだ。

　たとえば本書の最後に収められている短編『ここから世界が始まる』を読んでいただきたい。この作品自体は完成度からいえば、あくまで文章的スケッチの段階に留まっているものの、そこに登場する主人公サリー・ラムの、自由気ままな心理の流れは、「なるほど」と興味深く読むことができる。この少女のモデルはどう見ても、少年時代のカポーティその人であるからだ。カポーティがどのような目で周りの世界を捉《とら》えていたか、そしてその世界でどのように生きていたか——生きて行かざるを得なかったか——その様子がとても生き生きと、ありありと、読むものに伝わってくる。

　天才作家の「天才的習作」を、彼が大きく成長していく自由闊達《かったつ》なプロセスを、それぞれの目撃者的観点から味わっていただければと思う。

この作品は二〇一九年二月新潮社より刊行された。

カポーティ
村上春樹訳

ティファニーで朝食を

気まぐれで可憐なヒロイン、ホリーが再び世界を魅了する。カポーティ永遠の名作がみずみずしい新訳を得て新世紀に踏み出す。

カポーティ
大澤　薫訳

草の竪琴

幼な児のような老嬢ドリーの家出をめぐる、ファンタスティックでユーモラスな事件の渦中で成長してゆく少年コリンの内面を描く。

カポーティ
川本三郎訳

夜の樹

旅行中に不気味な夫婦と出会った女子大生。人間の孤独や不安を鮮かに捉えた表題作など、お洒落で哀しいショート・ストーリー9編。

カポーティ
佐々田雅子訳

冷血

カンザスの片田舎で起きた一家四人惨殺事件。事件発生から犯人の処刑までを綿密に再現した衝撃のノンフィクション・ノヴェル！

カポーティ
川本三郎訳

叶えられた祈り

ハイソサエティの退廃的な生活にあこがれるニヒルな青年。セレブたちが激怒し、自ら最高傑作と称しながらも未完に終わった遺作。

村上春樹
柴田元幸著

本当の翻訳の話をしよう　増補版

翻訳は「塩せんべい」で小説は「チョコレート」!?　海外文学と翻訳とともに生きてきた二人が交わした、7年越し14本の対話集。

ここから世界《せかい》が始《はじ》まる

トルーマン・カポーティ初期短篇集

新潮文庫　　カ－3－9

Published 2022 in Japan
by Shinchosha Company

令和四年十月一日発行

訳者　小《お》川《がわ》高《たか》義《よし》

発行者　佐藤隆信

発行所　株式会社 新潮社

郵便番号　一六二―八七一一
東京都新宿区矢来町七一
電話　編集部(〇三)三二六六―五四四〇
　　　読者係(〇三)三二六六―五一一一
https://www.shinchosha.co.jp

価格はカバーに表示してあります。

印刷・錦明印刷株式会社　製本・錦明印刷株式会社

ISBN978-4-10-209509-6　C0197